나, 거기 살아

나무소설가선 018

나, 거기 살아

1쇄 발행일 | 2019년 11월 07일

지은이 | 강이라 고요한 문서정 박지음 이서안 정정화
펴낸이 | 윤영수
펴낸곳 | 문학나무

문학나무편집 | 03044 서울 종로구 효자로7길 5, 3층
기획 마케팅 | 03085 서울 종로구 동숭4나길 28-1 예일하우스 301호
이메일 | mhnmoo@hanmail.net

출판등록 | 제312-2011-000064호 1991. 1. 5.
영업 마케팅부 | 전화 | 02-302-1250, 팩스 | 02-302-1251
ⓒ 강이라 고요한 문서정 박지음 이서안 정정화, 2019

값 12,000원
잘못된 책은 바꾸어 드립니다
지은이와 협의로 인지는 생략합니다
무단 전재 및 복제를 금합니다
ISBN 979-11-5629-095-7 03810

나, 거기 살아

강이라
고요한
문서정
박지음
이서안
정정화

소설

문학나무

소설가 6인의 도시 이야기

그런 날이 있다. 우연만으로 설명할 수 없는 날, 그날이 바로 그런 날이었다.

어느 문학 행사가 끝난 뒤, 신인 작가 몇 명이 찻집에 앉았다. 서로 안부 인사가 오갔고, 문학 작품에 대해 열띤 토론을 했다. 그러곤 어떤 말을 끝으로 정적이 흘렀다. 말없이 찻잔을 들고 찻잔을 입술에 대는 사이, 찻집 유리창 너머로 노란 은행잎이 바람에 흩날렸고, 고양이가 휙, 하고 지나갔다. 그때, 우리는 무엇을 잃어버린 사람처럼 창밖만 내어다보고 있었다. 그러다 문득 서로를 쳐다보았다. 소설이라는 거대한 우주 속을 걷느라 다들 춥고 지쳤다는 것을 알아챘다. 어쩌면 그날, 창밖을 보며 모두 어느 따뜻한 장소를 떠올렸을지도 모르겠다. 생각하는 것만으로도 가슴이 데워져오는 그런 도시를. 언제든 기

차를 타고 서너 시간만 가면 도착할 수 있는 곳을.

"그럼, 우리가 살았거나 머물렀던 도시 중 가장 마음에 남는 도시에 대해 단편소설을 한 편씩 써서 테마 소설집으로 엮어보는 것은 어떨까요?"

어느 작가가 의견을 냈고 모두들 조용히 고개를 끄덕였다. 여섯 명의 소설가는 그렇게 서로의 시린 손을 가만히 잡았다.

이 테마 소설집의 기원은 그날 신인 작가 몇 명이 문학행사에 참석한 순간이었는지, 찻집 유리창 너머로 고양이가 지나가던 순간이었는지, 서로의 마음을 확인한 순간이었는지, 어느 도시에나 볼 수 있는 노란 가로등을 떠올렸던 순간이었는지는 알 수 없다. 다만 우리는 그날, 우리가 살았거나 머물렀던 도시의 따뜻한 온기를 한 편의 소설에 담아보자는 멋진 의견에 신속한 결정을 내렸을 뿐이다.

이 소설집은,

여섯 명의 소설가가 살고 있거나, 살았거나, 잠시 머물렀던 도시인 서울 문래, 전북 진안, 경북 경주, 전남 진도, 경남 울산, 경북 포항을 배경으로 써내려간 한 묶음의 도시 이야기이다.

여섯 명의 소설가가 나, 거기 살아요. 거기 잠시 머물렀던 적이 있어요. 거기는 참 따뜻하고 아름다운 곳이에요, 하고 독자들에게 다정하게 인사를 건네는 이야기이다.

　여섯 도시 중, 어느 도시를 먼저 방문해도 강렬한 기억을 남기는 흥미로운 도시 이야기를 음미할 수 있기를

　여섯 개의 사랑스러운 이야기가 당신의 가슴에 가 닿기를

　여섯 도시가 당신에게 편안한 위로를 줄 수 있는 공간이 되기를

　여섯 명의 소설가가 간절한 문장으로 기도한다.

　추천의 글을 써주신 윤후명 선생님, 여섯 편의 도시 이야기를 한 권의 책으로 엮어준 문학나무 출판사 식구들에게 감사의 인사를 드린다.

　그리고 무엇보다도…… 이 책을 집어들 당신, 이 책이 놓일 자리, 이 책이 머물 시간, 때마침 그 시 · 공간을 지나갈 바람 한 줄기에도 감사드린다.

2019년 10월
문서정 _ 집필

차례

강이라 _ 2012년 신라문학대상에 단편 「볼리비아 우표」, 2016년 《국제신문》 신춘문
예에 단편 「쥐」가 당선됐다. 2018년 소설집 『볼리비아 우표』를 출간했다.
e-mail:zeromy10@hanmail.net

웰컴, 문래

ㄱㅏㅇㅇㅣㄹㅏ

작가 노트

소설을 쓰며 한 가수의 음악만 들었다.
— 그는 영국의 젊은 싱어송 라이터이다.
루틴이 되어 음악부터 들어야 소설을 쓸
수 있었다.
지금도 듣는 중이다.
소설에 내재된 감각적 리듬이 있다면 그
에게 빚진 것이다. 땡큐, 애드.
애드 시런의 음악을 함께 듣기를 권한다.
첫 곡으로는 Photograph가 좋겠다.

웰컴, 문래

와이, 키키를 처음 만난 곳은 서울, 문래동이었다. 문래동은 한강의 남쪽, 서울의 서쪽에 있다. 지하철 2호선을 타고 가다 영등포구청역과 신도림역 사이에서 내리면 된다. 한강과 안양천, 도림천을 모두 끼고 있어 물이 많은 동네로 조선시대에는 이 일대가 늪이었다고 한다. 일제 강점기에는 방적공장이, 해방 후에는 철공소가 밀집하며 솜먼지와 철가루가 분분했던 이곳에 십여 년 전부터 가난한 예술가들이 하나둘 모여 들었다. 와이와 키키가 그랬고 나도 그랬다.

*

마지막 골목까지 빠져나오자 막다른 길이었다. 뒤처진 캐리어 두 개를 당겨 바로 세웠다. 나는 뻐근한 어깨를 안과 밖으로 느리게 한 번씩 돌렸다. 폭설이 지나간 다음 날이어서 몹시 추웠다. 다행히 볕자리와 눈자리의 경계가 분명해서 질척거리는 곳은 없었다. 왼쪽에 목적지가 있습니다. 폰 내비게이션이 뒤늦은 도착 알림과 함께 종료 여부를 물었다. 나는 주머니에서 폰을 꺼내 종료 버튼을 누르고 막다른 길을 보았다. 벽 앞으로 크고 작은 눈사람 네 개가 서 있었다. 모두 나무로 만든 모자를 쓰고 있었다. 눈을 기다리고 있어. 처음 만난 날, 창밖을 내다보며 이 말을 했던 사람이 와이였던가 키키였던가. 연유처럼 부드러운 발음이었는데. 골목의 눈을 열심히 쓸어 모았을 와이와 키키. 예술가라 그런가. 소모적인 일에 열성을 다하는군. 나는 내 허리 높이의 눈사람을 향해 손을 뻗었다. 톡. 손가락 끝이 무언가에 부딪쳐 구부러졌다. 매끈하고 투명한 유리였다. 눈사람 형태의 크고 작은 유리볼. 투명한 유리볼 안에 꼭꼭 눌러 담듯 쌓인 눈. 키키의 작품이었다. 꽤나 창의적이군. 문래라서 그런 걸까.

풍경이 울렸다. 돌아보니 와이가 열린 문의 손잡이를 잡고 서 있었다. 마른 어깨 위로 걸친 후리스 집업이 헐렁했다. 목공예를 합니다. 와이의 짧은 자기소개를 들으며 나는 자작나무를 떠올렸었다. 곁가지가 적은 자작나무는 숲을 이루어도 울울하지 않다. 비껴 자란 나무 같은 와이에게선 침엽수림을 지나는 키큰 바람이 불었다. 상반신만 내밀고 골목 끝을 살피던 키키가 뒤늦게 나를 발견하고는 폴짝 문틀을 뛰어 넘었다. 얇고 가

벼운 몸이었다. 카키색 터틀넥 스웨터 밑으로 드러난 가슴 라
인이 밋밋했다. 키키는 브래지어를 입지 않았다. 계절과 상관
없이 노브라였다. 둘은 성별은 달랐지만 같은 크림색 코르덴
바지에 무심하게 뻗친 검정 커트 머리, 낡았지만 더럽지는 않
은 광목 앞치마까지 비슷한 차림새였다. 와이와 키키는 와이키
키 해변에서 처음 만났다고 했다.

와이와 키키는 나를 문래란 별명으로 불렀다. 문래에서 처음
만났으니까. 키키가 말했다. 나는 그들이 단박에 좋아졌다. 그
리고 이내 둘 중 하나를 사랑하게 되었다. 내 고백에 와이와 키
키는 함께 기뻐했다. 둘은 서로의 손을 잡으며 남은 손을 내게
내밀었다.

키키도 네가 좋대. 우리는 너를 원해.

나는 그 손을 잡지 않았다. 한 달 후, 나는 문래동을 떠났다.

2년 전 겨울의 일이었다.

문래역에 내려 7번 출구로 나오자 코트 아래로 바람이 일었
다. 밥솥에 오래 묵힌 밥처럼 바람은 미지근했다. 건너편 근린
공원 위로 바짝 내려앉은 눈구름이 무거워 보였다. 화이트 크
리스마스가 예보된 24일이었다. 성탄 시즌인데도 역 주위는
한적했다. 원래부터 번잡한 동네도 아니었지만 날이 좋은 주말

에는 사람들이 꽤 몰렸다. 데이트하는 연인들이 대부분이었고 예술을 하는 사람들이 나머지였다. 예술을 하든 사랑을 하든 밥은 먹어야 했고 한 잔 술도 필요했다. 골목에 하나씩 작은 술집과 밥집들이 들어섰다. 포털 사이트에 예술가들의 새로운 성소로 소개되면서 문래동에 달뜬 바람이 불기도 했지만 약풍이었다. 나는 역을 등지고 이백여 미터를 걸어 첫 삼거리에 섰다. 폐철재로 만든 기린-비슷한 무언가-을 만나게 되는데 거기서부터가 문래동 예술촌의 시작이다. 길은 다시 두 갈래로 나뉘었다. 더 좁은 오른쪽 길로 들어섰다. 와이키키 작업실은 철공골목의 가장 안쪽의 꺾어진 골목에 있다.

아보카도.

단문을 좋아하는 와이의 문자였다.

돈가스 가게 옆, 옆집 과일 가게에서 팔 거야. 망고와 헷갈리지 말 것!

다정한 키키의 문자가 이어 들어왔다.

진한 초록색을 띤 타원형의 아보카도. 본 적은 있지만 먹어본 적은 없었다. 흔하지 않으니 비싸지 않을까하는 염려가 들었지만 그래도 오늘만은 괜찮다고 생각했다.

맞은편에서 자전거가 찌릉, 벨소리를 내며 달려왔다. 나는 한 쪽으로 물러섰다. 오래된 자전거의 레트로풍 경보음. 찌릉

찌릉. 멀어져 가는 소리에 잇대듯 맛있는 냄새가 났다. 향기는
뇌 속 기억 창고를 여는 열쇠라고 어느 과학자가 말했다. 치매
환자의 대부분이 후각을 잃은 경우가 그 증거라고 덧붙였는데
나이가 들수록 벼려지는 감각은 딱히 없을 거라고 혼자 반문했
었다. 나는 지름길을 따라 골목을 짧게 돌아나갔다. 기억의 유
무와 상관없이 맛있는 냄새는 항상 옳다. 살짝 기름지고 가볍
게 달큰한 향. 킁킁거리며 발원지를 찾게 만드는, 내 기억에 담
긴 냄새였다.

　찾았다.

　여자가 손가락으로 가리켰고.

　돈가스 냄새였구나.

　남자가 고개를 끄덕였다.

　먹고 가자.

　여자가 남자의 손을 잡았다.

　다정한 연인은 나를 스쳐 가게로 들어갔다. 나는 그들의 뒤
를 따랐다. 손님이라곤 한 테이블뿐인 어정쩡한 오후였다. 세
분이세요? 양배추를 다듬던 주인아줌마가 손을 털며 일어섰
다. 연인이 손을 잡은 채 돌아보았다. 그들은 생각보다 어렸다.
그런데 왜 손을 잡은 연인들은 돌아볼 때 꼭 안쪽으로 고개를
돌릴까. 셋이 손을 잡고 있을 땐 어떻게 하지? 와이와 키키 그

리고 나라면. 더 사랑하는 쪽으로 고개를 돌리게 될까. 맥락 없는 생각을 하며 나는 검지 하나를 세워 보였다. 메뉴는 돈가스뿐이었고 곱빼기를 외치지 않으면 입장과 동시에 주문이 끝나는 가게였다.

맥주도 같이 주세요.

창가 자리에 앉아 밸런스 커튼 너머 밖을 보았다. 2년 만이었다. 키키는 내게 보낸 메일에서 문래에 작은 가게들이 좀 들어서긴 했지만 크게 달라진 건 없다고 했다. 셋이서 자주 오던 이 가게도, 맞은편의 복덕방도 그대로였다. 복덕방은 문래동에 작업실을 구하는 사람이라면 한 번은 들려야 하는 관문 같은 곳이었다. 와이키키 작업실도 저 복덕방에서 소개받았다. 내일 죽어도 여한이 없다던 복덕방 할아버지는 아직 살아 계신 모양이었다. 여기가 왜 문래동인 줄 알아? 복덕방 주인의 말치고는 너무나 근원적이고 실속이 없어서 나는 애매한 표정을 짓고 말았다. 문익점이 붓통에 숨겨 들여온 목화씨를 뿌린 곳이 바로 이 동네라 그런거야. 그럼 왜 문래냐? 거기엔 두 가지 설이 있는데 하나는 목화솜에서 실 뽑던 '물레'가 지금의 '문래'가 되었다는 거고 다른 하나는 물레를 처음 만든 사람이 '문래'여서 그렇다는데, 그럼 또 문래는 누구냐? 문래는 문익점의 손자로 남평 문씨인 나에게는 직계 선조 되신다 이 말이지. 복덕방 할

아버지가 하려는 말의 요지는 조상인 '문래'의 존함을 함부로 간판에 써대는 이 동네 가게 주인들의 버르장머리 없음이었는데 사설치고는 재미가 있어 꽤 열심히 들었던 기억이 있다.

테이블에 맥주 내려놓는 소리가 났다.

오랜만이네.

아줌마가 병을 따주며 말을 걸어왔다.

늘 셋이서 오더니.

나는 대답 대신 잔에 맥주를 따랐다.

요즘엔 둘이 와요?

내가 물었다. 아줌마가 앞치마 주머니에 손을 찔러 넣으며 잠시 생각하더니.

아니. 여전히 셋이야. 둘은 그대로고. 새 친구라던데.

나는 거품이 가득한 맥주잔을 입으로 가져갔다. 연인의 주문을 받는 아줌마의 등을 향해 새 친구란 사람, 남자예요 여자예요라고 물으려다 그만 두었다. 중요한 건 그게 아니잖아. 와이와 키키가 내 양 손을 하나씩 잡으며 되물을 게 분명했다.

연인은 돈가스 두 개를 시켰다. 남자는 자기 앞의 돈가스를 먹기 좋게 썰어 여자에게 건네주었다. 퍽 다정한 남자라고 생각하며 나는 오른쪽에 놓인 나이프를 왼손으로 옮겨 쥐었다.

크게 썬 한 조각에 소스를 듬뿍 묻혀 입에 넣는데 여자가 말했다. 꼭꼭 누른 낮은 목소리였다.

그러면 죽……버릴 거야.

씹다 만 고기 조각이 통째로 목구멍으로 넘어가 버렸다. 나는 잔에 든 맥주를 한 입에 비웠다. 그리고 그런 살벌한 이야기는 못 들었다는 듯이 냅킨으로 테이블을 일없이 닦았다. 남자는 태연히 자기 몫의 돈가스를 썰고 있었다.

자기가 있는데…… 어떻게 다른 사람을 사랑하니. 말도 안 돼.

제대로 듣지 못한 한 음절 때문에 나의 주위는 온통 연인에게로 향했지만 둘은 더 이상의 대화없이 돈가스를 먹기 시작했다. 계산을 위해 일어설 때에야 다음에 또 오자고 남자가 말한 게 전부였다. 연인은 복덕방 뒷골목 쪽으로 걸어가며 손을 잡았다. 나는 그들이 완전히 사라지도록 골목을 바라보았다. 사랑하기 때문에 아니면 사랑하지 않기 때문에 죽을 수도 있고 죽일 수도 있는. 그들은 연인이었다.

여중생 둘과 엇갈려 가게를 나왔다. 저 쪽에 과일 가게가 보였다. 아보카도를 사야지. 나는 걸음을 옮기며 와이에게 문자를 보냈다.

나 왔어. 문래동이야.

키키에게도 보냈다.

곧 갈게.

다행히 아보카도 몇 개가 남아 있었다. 세 개를 주문하고 기다리는데 문자가 연이어 들어왔다. 약속이나 한 듯 같았다.

웰컴, 문래.

골목의 벽화를 구경하며 동네를 걸었다. 새로 생긴 독립서점도 있었다. 아트북 몇 권을 뒤적이는데 와이로부터 새 문자가왔다.

터키랑 같이 와. 문래 버거에 있어.

터키가 누구야, 라고 물으려는데 이번엔 키키로부터 문자가왔다.

터키는 우리의 새 친구야.

나는 쓰던 문자를 지우고 서점을 나왔다. 버거 가게는 좀더서쪽에 있었다. 지는 해를 따라 걸었다. 작업이 일찍 끝난 날이면 우리는 이른 저녁으로 버거를 먹으러 갔다. 이제는 맛집이되어 버린 문래 버거가 처음 문을 열었을 때부터 우리는 단골이었다. 버거 체인점에서 몇 년 일했다는 젊은 사장이 당시에는 몫도 안 좋은 자리에 차린 수제 버거 가게였다. 우리는 주제넘은 걱정을 하며 버거를 먹었다. 예상대로 손님은 거의 없었지만 사장은 꿋꿋이 버텼다. 오히려 가난한 예술가인 우리를 측은하게 여겨 맥주 한 병을 서비스로 챙겨 주었다. 멀리 버거 가게가 보였다. 늘어진 치즈향이 코앞까지 와 있었다. 나는 꿀꺽 침을 삼켰다. 좁은 가게 안은 손님들로 가득했다. 세 개의 테이블과 바테이블까지 빈 자리가 없었다. 문 안쪽에는 몇 사람이 포장을 기다리며 서 있었고 문 밖 작은 스툴에는 한 남자가 앉아 맥주를 병째 마시고 있었다. 터키였다. 짧은 꽁지머리에 무릎 아래까지 오는 누빔 패딩을 입고 앞코가 닳은 워커를 신은 차림새가 보헤미안 무리에서 금방 떠나온 사람처럼 보였다. 나는 터키를 지나쳐 가게로 들어갔다. 고기 패티 익는 냄새가 났다. 실내는 예전 그대로였다. 나는 코를 벌름거리며 냄새를 즐겼다. 사장이 손이 바쁜 와중에도 놀란 기색으로 나를 맞았다. 나는 손인사를 한 후 냉장고에서 맥주 한 병을 꺼냈다. 나눠 마실 와이, 키키가 여기 없으니 맥주는 온전히 내 차지였다. 나는 가게 밖으로 나갔다. 터키는 벽에 등을 바짝 기대고 눈을 가늘게 뜬 채 앉아 있었다. 세상 끝을 보는 사람처럼 시선이 멀었다. 지는 볕에 붉게 물든 얼굴이었고 손에 들린 맥주는 반 넘게 비어 있었다. 나는 옆의 스툴을 끌어다 앉았다. 맥주가 식도를 차갑게 긁으며 흘렀다. 맛이 알싸했다. 기분 좋은 몸서리를 치는데 터키가 몸을 세우며 나를 보았다.

문래?

아마도.

나를 그렇게 부르는 사람은 와이와 키키 뿐이었다.

친구니까 말 놓자.

터키가 내 쪽으로 병을 기울였다. 우리는 병을 부딪치고 맥주를 한 모금씩 마셨다.

왜 터키야?

터키 공항에서 노숙하다 만났어.

말할 때마다 한 쪽 입꼬리가 살짝 들리는 게 냉소적으로 보였다.

버거 시켰어?

내가 묻자 터키가 맥주를 슬쩍 들어 보였다. 나는 내 손의 맥주를 내려다보았다. 그렇다면 이건 더 이상 서비스가 아니겠구나. 그것은 이제 와이, 키키 그리고 터키가 셋이란 뜻이었다. 병을 치우러 가게로 들어가는 터키에게 대신 술값을 맡겼다. 앞서 걸으니 터키가 버거 봉지를 든 채 느린 걸음으로 따라왔다. 해는 완전히 졌다. 금세 어둠이 깔릴 것이다. 눈썹 끝이 차가웠다. 손가락으로 쓸자 물기가 묻어났다. 눈이 내리고 있었다. 나는 손바닥에 떨어진 눈 조각 하나를 부러 움켜쥐었다. 그리고 돌아서며 터키를 향해 손을 펴 보였다. 터키가 걸음 그대로 다가와 내 앞에 섰다. 지나치게 가까운 거리였다. 나는 살짝 물러섰다. 터키는 물기 촉촉한 내 손바닥을 말없이 내려다보았다.

나는 와이를 사랑하고 키키는 좋아해.

터키가 그러냐는 듯 고개를 끄덕였다.

터키는?

글쎄.

혹시…… 게이야?

내 말의 저의와 진의를 파악하듯 내 얼굴을 빤히 쳐다보던 터키가 갑자기 웃음을 터뜨렸다. 웃는 걸 보니 결례는 아닌 듯 했다. 지레 무안해 나는 손바닥의 물기를 코트 자락에 쓱 문질러 닦았다.

대답해야 해?

내가 말이 없자 터키가 봉지를 다른 손으로 옮기고는 내 손을 잡았다. 내가 움찔 놀라자 터키가 피식 웃었다.

불쾌해?

불편한 거지. 초면인데.

내 대답에 터키는 잡은 손에 더 힘을 주었다.

오늘 같은 날에는 모두 손을 잡읍시다.

터키가 내 손을 끌며 앞장섰다. 와이와 키키처럼 터키의 손도 따뜻했다.

나는 와이를 사랑해.

터키가 잡은 내 손에 살짝 힘을 주며 말했다.

좀더 굵은 눈이 다시 손으로 떨어져 내렸다. 내가 한 사람만
의 손을 잡고 싶다고 말했을 때 와이, 키키는 시무룩한 얼굴로
말했다. 그럼 남은 한 손이 너무 외롭잖아.

그리고 키키도 사랑하지.

터키가 다시 내 손을 꽉 쥐었는데 그것이 마치 무슨 수신호
처럼 느껴져 나는 남은 손마저 말아 쥐었다.

길은 더 좁아져 트럭 두 대가 스쳐 지나갈 정도의 골목으로
접어 들었다. 한 때 많은 철공소들이 호황을 누리며 번창하던
곳이었지만 이제 문을 연 곳은 거의 없었다. 빈 철공소의 저렴
한 임대료에 조형 예술가들 몇이 세를 얻어 들어왔다. 홍대와
연희동 쪽에 비하면 문래의 임대료가 훨씬 낮기 때문이었다.
이들이 만든 창작품들이 동네 곳곳에 설치되고 뒤이어 들어오
는 예술가들이 늘면서 문래는 새로운 예술촌으로 뜨기 시작했
다. 와이키키 작업실은 골목 제일 안쪽에 위치한 철공소 자리
에 있었다. 막다른 길이라 사람들의 발길이 쉽게 닿지 않는 곳
이었다. 와이, 키키는 철공소 내부는 그대로 둔 채 전면을 유리

로 바꿨다. 문과 작은 간판은 나무로 만들어 달았다.

　예술합니다. 와이키키 작업실.

　와이와 키키는 4년 째 이곳 작업실에 거주하며 창작 활동을 하고 있었다. 와이의 아버지가 철공소의 주인이었기에 세는 없었다. 와이의 아버지는 네 맘대로 하라며 철공소의 열쇠를 와이에게 넘겨주었다. 오래된 등산 가방에 날깃한 옷 몇 가지 구겨 넣고 골목을 빠져나가는 아버지의 뒷모습을 와이는 한참동안 지켜보았다고 했다. 그는 사랑과 사람을 동시에 잃은 이였다.

　와이와 키키는 문 밖까지 나와 있었다. 굵은 눈송이가 툭툭 떨어졌다. 키키가 터틀넥 스웨터의 목을 끌어 올리며 손을 흔들었다. 밑단을 한두 번 접어 올린 갈색 코르덴 바지는 그들 겨울 패션의 교집합이었다. 둘은 여전히 부스스한 커트 머리였다. 변함없이 와이는 폴라티에 헐렁한 후리스 집업을 걸쳤고 키키는 보풀이 인 터틀넥 스웨터를 입고 있었다. 옷수선 가게를 하는 키키의 어머니는 겨울에는 코르덴 바지만한 게 없다고 믿는 사람이었다. 어머니가 직접 뜨고 만든 스웨터와 코르덴 바지로 평생의 겨울을 난 키키였다. 키키의 바지는 와이에게도 얼추 맞아서 둘은 거의 비슷한 스타일로 매해 겨울을 보냈다. 키키는 내게도 자신의 바지를 준 적이 있었다. 적당히 헤지고 무릎이 나온 바지였다.

웰컴, 문래.

와이와 키키는 나를 가르듯이 사이좋게 나눠 안았다. 둘에게
서 같은 비누향이 났다. 오랜만에 맡았지만 향은 여전히 따뜻
했다.

눈도 내리는데 한 잔 하자.

와이가 내게서 건네받은 아보카도 봉지를 들어 보였다. 터키
가 응답하듯 버거 봉지를 가볍게 흔들었다. 키키가 나와 터키
의 한 쪽 어깨를 감싸안으며 문 쪽으로 이끌었다. 쌓인 눈 위로
발자국 몇 개가 엇갈렸고 몇 개는 포개졌다.

안주는 단출했다. 키키는 어슷하게 썬 아보카도 위에 허브 솔트
를 뿌려 내왔다. 와이는 호일에 말아 둔 고구마 몇 개를 화목 보일
러 속에 집어넣었다. 실내는 따뜻했다. 나는 폰을 꺼내 음악 앨범
를 열었다. 블루투스 스피커에서 애드 시런의 Supermarket
Flowers가 흘러 나왔다. 터키는 먹기 좋게 반으로 자른 버거를
네 개의 나무 접시에 옮겨 담았다. 나무 접시는 와이의 작품이
었다. 키키가 작업실 뒤편에서 레드 와인 한 병을 가져왔다. 우
리는 테이블에 둘러앉았다. 말이 테이블이지 나무 그루터기를
그대로 뽑아 옮긴 것처럼 모양은 투박했다. 터키가 버거 접시

옆에 와인 잔을 하나씩 놓았다. 와인 잔은 유리 공예를 하는 키키의 작품으로 작은 눈사람 모양에 목화꽃이 그려진 나무 모자를 쓰고 있었다. 눈사람 와인 잔은 와이키키 작업실의 시그니처 상품이자 유일한 베스트셀러였다. 키키가 와이에게 와인병을 넘기며 내 옆에 앉았다. 와이가 익숙한 손놀림으로 와인을 따기 시작했다. 퐁, 하고 경쾌한 소리가 났다. 와이를 제외한 우리 셋은 일제히 술잔을 들었다.

술이 몇 번 돌았고 우리는 안주 겸 식사인 버거를 먹었다. 서로의 안부를 물었고 세상 돌아가는 이야기도 잠시 했다. 다시 술 한 순배가 돌았을 때 옆의 키키가 내 어깨에 기대왔다. 술기운 때문인지 난로 온기 때문인지 키키의 얼굴이 발갰다.

문래가 와서 참 좋아.

와이가 내 잔에 와인을 채워 주었다. 터키는 아보카도 한 조각을 들어 요리조리 들여다보더니 반을 베어 먹었다.

아보카도에 허브 솔트라…… 꽤 신선한 조합인데.

괜찮지?

터키가 남은 아보카도 조각을 키키에게 건넸다. 받아먹은 키키가 고개를 끄덕였다. 나는 와인을 홀짝였다. 와이가 아보카도 한 조각을 가져와 반을 잘라 내 입에 넣어 주고 나머지를 먹었다. 아보카도 특유의 느끼함을 소금이 잡아 끝맛은 고소했다.

터키는 뭐하는 사람이야?

내가 물었다.

터키는 소설을 써. 이미 책도 두 권 냈지.

터키 대신 대답을 한 키키가 와이의 손에서 잔을 뺏어 입으로 가져갔다.

어떤 소설?

……로맨스.

터키가 대답했다.

로맨스?

되묻는 나의 말에 확인과 놀람이 섞였다.

그래, 로맨스. …… 여러 명을 동시에 사랑하는 이들에 대한. 그리고 소유보다는 공유에 가까운 사랑을 하는 사람들에 대한.

우리처럼.

터키의 대답에 키키가 살을 붙이며 배시시 웃었다. 와이가 손빗으로 키키의 까치머리를 빗어 주었다. 키키가 비운 와인 잔을 터키에게 건네자 와이가 몸을 일으켜 잔 가득히 와인을 따라 주었다.

문래, 넌 어때?

터키가 내게 물었다.

말했다시피…… 나는 와이를 사랑하고 키키는 좋아해. 지금까지는 그래.

이번엔 와이가 다른 손으로 내 머리를 가볍게 헝클어 놓았다. 키키가 와이의 손을 밀어내고 내 머리를 다정하게 쓰다듬었다.

그 말은, 달라질 수도 있다는 거네.

터키가 모두에게 건배를 제안했다. 나는 잔을 들고 일어나 창가로 갔다. 눈이 반 뼘 가깝게 쌓여 있었다. 잔 부딪치는 소리가 들렸다. 막다른 골목을 지나간 이는 하나도 없었다. 한 병 더 가져올게. 일어선 와이를 따라 나는 작업실 뒤편으로 갔다. 와인을 꺼내 돌아서는 와이의 품으로 나는 파고 들었다. 와이가 나의 등을 부드럽게 쓸어 주었다.

와이야.

응.

이번엔 같이 가자. 샌프란시스코로.

……그럴까.

와이는 순순히 대답했다.

정말?

나는 눈을 반짝이며 와이에게서 떨어졌다. 와이는 내 본심을 안다는 듯이 흐리게 웃었다.

키키도 같이.

키키는 여기서 터키랑 살면 돼. 우리는 가고.

그럼…… 나가서 키키, 터키랑 의논해보자.

나를 비켜가는 와이의 팔을 붙잡았다.

나도 키키를 좋아해. 친구로서. 하지만 너를 나눠 갖고 싶진 않아.

와이가 나의 손등을 톡톡 치며 물끄러미 나를 보았다. 그리고 내 손을 덜어내 듯 부드럽게 떼어 냈다.

키키와 터키가 난로에서 꺼낸 고구마를 하나씩 들고 껍질을 벗기고 있었다.

뜨거워.

키키가 내게 손짓했다. 와이는 네 개의 잔에 와인을 채웠다. 자리에 앉자 키키가 금방 깐 고구마를 반으로 쪼개 내게 주었다. 나는 사양하지 않고 받았다. 키키는 배려심이 많고 선량한 사람이다.

눈이 좀더 쌓이면 나가서 눈사람을 만들자.

와이가 말했다. 터키가 손가락으로 원을 그렸고 키키는 고구마를 먹으며 고개만 끄덕였다.

키키. 하나만 물어봐도 돼?

키키가 고구마를 손에 든 채 나를 보았다.

너랑 터키는 어떤 사이야? …… 연인?

키키가 나와 터키 그리고 와이를 차례로 보았다. 표정에 난감함이나 불쾌함은 없었다.

아직. 하지만…….

생각보다 쉽게 키키는 대답했다.

나와 터키가 원하고 와이가 동의한다면 안 될 것도 없지.

네가 원한다면, 나는 동의해.

와이가 말했다.

그럼 와이와 내가 샌프란시스코로 가겠다면? 가도 괜찮겠어?

키키는 어깨를 으쓱했다.

나쁘지 않은데. 그렇다면 우리의 제안을 받아들이는 거야?

터키가 몸을 앞으로 내밀며 와이를 보았다.

우리는 2년 전에 문래에게 폴리아모리를 제안한 적이 있어.

와이가 호일에 싼 고구마를 눈사람을 굴리듯 두 손 안에서 굴리며 말했다.

너는 터키랑 지내면 되잖아. 와이랑 꼭 붙어 있어야 할 필요는 없잖아.

그래. 네 말이 맞아. 꼭 붙어 있을 필요는 없지.

키키가 수긍했다.

와이는 어때?

와이는 식은 고구마의 호일을 벗겨 반으로 나눈 뒤 키키와 내 접시 위에 하나씩 놓았다.

문래. 네가 마음으로부터 우리 누구도 독점하지 않겠다면. 그럴 수 있다면.

와이가 나와 키키에게 손을 내밀었다. 키키는 와이의 손을 잡고 다른 한 손을 터키에게 내밀었다. 터키가 키키의 손을 잡고 내게 남은 손을 내밀었다. 나는 머뭇거리다 터키의 손을 잡고 기다리고 있던 와이의 손을 잡았다. 넷의 엇갈린 손이 눈 입자 형태를 띄었다. 빈 손은 없었다. 우리는 잠시 그렇게 있었다. 키키가 먼저 손을 풀며 입을 뗐다.

옛날 이야기 하나 할까.

우리는 손을 놓고 각자의 의자에 몸을 깊게 파묻었다. 난로 안에서 장작 튀는 소리가 작게 들렸다. 와이는 장작 하나를 난로 안에 넣었다. 키키는 의자 위로 무릎 하나를 접어 올리고 두 팔로 안았다.

이미 말했다시피 우리는 와이키키에서 처음 만났어.

터키와 내가 고개를 끄덕이자 키키가 말을 이었다.

와이가 나를 만나러 하와이까지 왔지. 얼굴을 본 건 그 때가 처음이었어. 우리는 한 눈에 알아봤어. 와이는 와이의 엄마를,

나는 우리 아빠를 많이 닮았거든. 찢어 버린 사진 속에서 손을 잡고 있던 중년의 연인을 우리는 잘 알고 있었으니까. 우리는 모두가 미친 연놈이라 부르는 사람들의 자식이었지.

키키가 짧은 한숨을 쉬며 보일 듯 말 듯 쓴 웃음을 지었다.

마지막 날에 와이는 렌트한 차에 나를 태우고 해변을 따라 북쪽으로 향했어. 절벽은 높아지고 바다는 점점 깊어지는 그 길을 따라 하루 종일 달렸어. 딱히 뭔가를 한 건 아니야. 어느 외진 바닷가에 차를 세우고 나란히 앉아 그냥 시간을 흘려 보냈어. 내가 테이프로 이어 붙인 사진을 불에 태워 날릴 때도 와이는 아무 말도 하지 않았어.

키키의 말끝이 처지자 와이가 이어 받았다.

눈 내리던 겨울 밤, 연인을 싣고 외진 바다를 향해 달린 차가 바다로 뛰어든 후로 십 년도 더 지나 있었어. 키키와 나는 며칠 동안 많은 이야기를 나눴어. 그리고 우리는 미친 연놈의 자식이었는데도 그들을 불쌍히 여기고 있으며 사랑을 위해 죽음도 불사한 그들의 행동이 썩 좋은 선택은 아니었다는데 동의했어.

며칠 동안 그 얘기만 하다 보니 나중엔 그게 그렇게 안 될 일이었을까, 라는 생각이 들기 시작한 거지.

키키가 말을 보탰다.

그럼, 그럴 때마다 같이 바다에 뛰어들어야 하냐고.

와이가 이제는 각자 재혼해 잘 살고 있다는 와이 아빠와 키키 엄마의 이야기를 끝으로 입을 닫으며 그것 또한 그럴 수 있다고 말했다. 키키가 와이의 손을 잡아 주었다.

나는 빈 와인 잔을 내려놓고 나무 모자를 씌웠다. 아보카도 접시의 소금을 손가락으로 찍어 혀에 댔다. 첫맛은 짜고 끝맛은 달고 고소했다. 아주 작은 소금 입자 하나일 뿐인데도 여러 가지 맛이 났다.

부모님에게 그런 일이 없었다면 어땠을까. 그래도 너희는 지금의 삶을 살았을까?

터키가 물었다.

그건 알 수 없어. 사람마다 감정의 회로는 다르니까.

키키는 고개를 가로 저었다.

동시에 여러 마음의 불을 켤 수 있는 병렬식 사람도 있을 테고 한 번에 하나의 마음만 가능한 직렬식 사람도 있지 않겠어?

키키의 말을 들으며 나는 내 마음의 회로에 대해 생각해 보았지만 알 수 없었다. 키키가 와이의 동의를 구하듯 바라보자 와이는 분명하게 고개를 끄덕였다.

우리는 그 모든 가능성을 받아들였을 뿐이고 지금도 같이 지켜보는 중이야.

키키가 일어나 테이블의 빈 접시들을 하나씩 포개 들었다.

나는 키키를 따라 작업실 안쪽의 싱크대로 갔다. 키키는 선반 위에서 크래커 상자를 내려 접시에 몇 개씩 나눠 담았다. 키키가 크래커 하나를 입에 넣자 바삭 부서지는 소리가 났다.

그래서…… 너는 터키와 와이 둘 다 사랑하는 거야?

키키는 무감한 얼굴로 나를 보았지만 시선만은 단단했다. 셀 수 없이 주물에 들어갔다 나온 사람처럼.

너는 어때? 오로지 와이만 원하니?

나는 대답하지 않았다.

와이와 네가 원한다면 그렇게 해도 좋아. 나는 동의해.

진심이야?

나는 널 좋아하니까 거짓말하지 않아. 그런데 아마 어려울 거야.

왜?

키키가 크래커를 담은 접시 두 개를 내게 건네고 나머지 두 개를 챙겨 들었다.

너는 와이만 원하는데 와이는 그렇지 않잖아.

작업실로 나가자 열린 문 밖으로 와이와 터키가 보였다.

우리도 나가 볼까.

키키가 내게서 크래커 접시를 받아 테이블에 갖다 두었다. 키키는 의자 등받이에서 양털 후리스 집업 두 개를 걸어 내게 하나를 내밀었다. 와이의 것인지 품이 컸다. 내리던 눈은 잠시 소강 상태였다. 갓 쌓인 눈은 목화솜처럼 한껏 부풀어 있었다. 키키가 부러 몸을 떨며 하늘을 올려다보았다. 나는 양말을 바짝 당겨 신은 뒤 키키의 뒤를 따라 나갔다. 눈사람의 모자 위로 이제는 한 뼘 정도의 눈이 쌓여 있었다. 목장갑을 낀 와이와 터키가 모자를 벗긴 눈사람의 유리 몸통 속으로 부지런히 눈을 채워 넣었다. 키키가 나머지 눈사람의 모자도 벗겨서 한 쪽에 내려놓았다. 나는 일없이 손가락으로 나무 모자의 테두리를 쓸었다.

유리 눈사람이라 쉽게 깨지겠어.

꼭 한두 개씩은 깨지지.

키키가 시린 두 손을 후리스 주머니가 늘어지도록 깊숙이 찔러 넣었다.

속상하겠네.

뭐, 별로. 유리는 거푸집일 뿐이니까.

반사된 눈빛에 골목은 어둡지 않았다. 달이 구름 사이를 드나들며 밤의 조도를 수시로 바꿨다.

샌프란시스코의 플리마켓을 간 적이 있어.

와이와 키키, 터키가 내 쪽으로 돌아섰다. 와이와 키키 사이가 나와 터키의 사이보다 좀더 가까워서 사다리꼴 모양새였다.

가장 구석진 자리에서 레게 머리 남자가 직접 만들었다는 카드를 팔고 있었어.

셋은 내 이야기에 귀를 기울였다.

그 중에 눈에 띄는 카드가 몇 개 있었어. 하나 사기도 했어.

어떤 카드였는데?

터키가 물었다.

부부가 손잡고 선 결혼식 카드였어.

와이와 키키가 마주 보며 어깨를 으쓱했다.

그림이 꽤나 멋스러웠나 보네.

그림도 멋졌지만 그려진 부부가 꽤나 독특했어.

어땠는데?

나는 와이와 키키를 당겨 세웠다. 신랑, 신부가 있어.

그리고.

이번엔 와이와 터키를 나란히 서게 했다. 신랑, 신랑도 있어.

키키가 내 옆으로 바짝 붙으며 말했다. 신부, 신부도 있을테고.

나는 와이까지 내 옆으로 끌어당겼다. 신부, 신랑, 신부도 있었지.

우리는 신랑, 신부, 신랑. 와이와 키키 곁에 터키가 붙으며 말했다.

그 레게머리, 꽤나 생각이 말랑한 사람이군. 그래서 넌 어떤 카드를 샀는데?

키키가 와이와 터키의 팔짱을 낀 채 그 사이에서 까치발로 키를 키웠다.

곧 알게 될거야. 떠나기 전 이 곳으로 부쳤거든.

그래?

와이가 반색하며 문 옆 우편함을 들여다보았지만 카드는 없었다.

키키가 뒤에서 나를 안으며 스웨터 아래의 쇄골을 가만히 더듬었다. 나는 간지러웠고 조금 부끄러워지기까지 했다. 키키는 아랑곳하지 않고 내 목덜미에 턱을 바짝 기대고는 와이와 터키를 바라보았다.

아빠가 말야. 엄마에게 무턱대고 이혼해 달라고 그랬대. 법적으로 갈라서자고.

키키가 말할 때마다 내 어깨가 같이 진동했다.

우리 엄마는 그런 말도 아예 안 했어. 아버지는 어머니가 자살한 후에야 아셨어.

와이는 후리스의 지퍼를 끝까지 올리며 어깨를 동그랗게 말았다.

왜.

와이, 키키가 동시에 내뱉은 말이었지만 혼잣말처럼 들렸다.

키키와 와이의 방백이 하나씩 이어졌다.

그냥…… 내가…… 사랑하는 사람이 생겼다고 말했으면 될 것을.

당신 말고도, 가 아니라 당신처럼, 이라고 말해봤더라면 말이야.

키키가 내 등에 얼굴을 묻었다. 와이는 신발코로 일없이 눈을 팠다.

어느새 골목 끝까지 나간 터키가 가로등 아래서 손을 흔들었다.

먹을 것 좀 사올게.

우리는 터키를 향해 손을 흔들어 주었다. 다시 눈이 내렸다. 와이가 문을 열었고 키키가 어깨의 눈을 털며 안으로 들어갔다.

샌프란시스코는 어떤 곳이야?

키키가 물었을 때 나는 아직 문 밖이었다.

샌프란시스코?

어려운 질문도 아닌데 나는 눈을 올려 뜨며 고민했다. 그리고 수동 전차와 폐쇄된 감옥과 무지 긴 다리에 대해 먼저 말한 뒤 사람과 삶이 자유롭고 시선이 비교적 관대한 곳이야, 라고 말하려 했다. 하지만 입에서 나간 말은 너무 엉뚱해서 나는 되레 말까지 더듬었다.

음…… 햇살부터…… 아니, 그러니까…… 햇살마저 관대한 곳이야.

내 대답이 얼마나 생뚱했는지는 와이와 키키의 멀뚱한 표정만 보아도 알 수 있었다. 키키는 어깨까지 들썩이며 소리없이 웃었고 와이는 괜스레 긴 팔로 문에 매달린 풍경을 흔들었다.

역시, 너는 문래야.

키키가 내 팔을 잡아 끌었다. 와이가 내 등을 문 안쪽으로 가볍게 밀어 주었다. 나는 문 안으로 성큼 들어섰고 등 뒤로 문이 닫혔다. 모자를 벗은 눈사람의 유리 몸통 속으로 차곡차곡 눈이 쌓여 가고 있었다.

크리스마스니까, 분명히 TV에서는 '나홀로 집에' 시리즈를 방영하고 있을 거라고 했다. 말한 사람은 키키였다. 시시한 내기를 했고 터키와 와이 그리고 나와 키키로 편이 나뉘었다. 폰으로 채널을 확인하던 키키가 환호를 질렀다. 영화 채널 한 곳에서 이미 케빈이 뉴욕을 헤매고 있었다. 와이가 손사래를 쳤고 터키는 고개를 절레절레 흔들었다. 키키와 나는 손뼉을 마주 쳤다.

자, 자. 곧 크리스마스야. 얼른, 얼른.

키키가 터키를 잡아 일으켰고 와이가 못내 아쉬운 표정으로 자리를 털며 일어섰다.

우리는 벗어둔 코트와 패딩을 찾아 입었다. 키키가 여분의 털모자와 머플러를 꺼내와 터키와 내게 하나씩 주었다. 와이가 난로 속으로 굵은 장작 몇 개를 집어 넣었다. 우리는 오리처럼 줄을 맞춰 문 밖으로 나갔다. 눈은 계속 내리고 있었다. 와이가 벗겨 두었던 나무 모자를 찾아 씌우자 유리 눈사람은 하나의 오브제가 되었다. 터키와 내가 박수를 쳐 주었다.

특허낼까.

키키가 짐짓 심각하게 물었고 나와 와이가 말리듯이 키키의 양쪽 팔을 잡았다. 키키가 장난스레 발을 굴렀다.

컵수프나 먹으러 갑시다.

터키가 우리 셋의 등을 떠밀었다. 나와 키키의 내기 조건은 밤 산책 그리고 컵수프 먹기였다.

그냥 사다 먹자니까.

벌써 코끝이 빨개진 와이가 투덜거렸다.

컵수프는 추울 때 뜨겁게 먹어야 제맛이란 말이야.

키키가 나와 와이의 팔을 바짝 당겨 잡았다. 터키가 몇 걸음 뒤에서 따라왔다.

…… 좋다.

뭐가?

내가 중얼거렸고 와이가 물었다.

너희들과 함께 있으니까. 같이 맛있는 것도 먹고. 이렇게 야밤에 걸을 수도 있고.

키키가 내 쪽으로 몸을 기울이며 속삭였다.

그건…… 문래, 네가 우리를 사랑하기 때문이란다.

그래서 컵수프야? 사랑하니까?

키키는 대답 대신 어깨로 와이를 툭 쳤다.

나온 김에 멀리까지 가보자.

터키가 따라 붙으며 말했다.

좀 멀리 어디까지?

나와 키키, 와이가 한 목소리로 물었다.

컵수프를 가장 맛있게 먹을 수 있을 때까지.

터키의 싱거운 대답에 우리 셋은 야유하며 터키를 밀어냈다. 그러자 터키가 두 팔을 활짝 벌리며 우리를 큰길 쪽으로 몰았다.

우체국을 지나 근린 공원 사거리에 섰을 때 어디선가 종소리가 들려왔다. 우리는 잠시 이야기를 멈추고 서로 번갈아 가며 안아주었다.

신호등이 초록으로 바뀌었다.

go.

와이의 신호를 따라 나, 키키 그리고 터키가 길을 건넜다. 눈은 잦아들었지만 눈송이는 여전히 굵었다. 공원을 가리키는 키키의 검지 위로 눈송이 하나가 떨어졌다. 키키가 재빨리 주먹을 말아 주머니에 쑥 집어 넣었다. 마술처럼 순식간이었다. 와이와 터키, 나는 뭔가 싶어 일제히 키키의 주머니를 바라 보았다. 당연히 키키의 주머니에선 비둘기나 흰토끼도, 눈사람도 나오지 않았다. 와이와 터키가 헛웃음을 지으며 키키의 팔을 가볍게 치고는 앞서 걸었다. 키키는 뭐가 문제냐는 얼굴로 나를 돌아보았다. 내가 성의없이 고개만 주억대자 이번엔 키키가 한 쪽 어깨로 나를 툭 밀치고 가버렸다. 꼭 무엇이 되어야 하는 것도 아니었고 무엇이 되기로 약속되어진 것도 없으며 기대와 달리 아무것도 아닐 수 있으므로, 문제랄 건 없었다.

나는 뛰다시피 걸으며 와이와 터키와 키키를 향해 외쳤다. 같이 가.

눈사람을 만드는 사람들

소설 속 인물들이 사는 문래동은 가난한 예술가들이 자리 잡고 활동하는 곳이다. 와이키키 해변에서 만났다는 와이와 키키, 문래동에서 만난 문래, 터키 공항에서 노숙하다 만난 터키까지 등장인물은 자신의 원래 이름을 노출시키지 않는다. 이러한 익명성이 작품을 지배하고 있다. 친절하게 알려주기보다 상황으로 이야기를 이끌어가기에 잘 들여다봐야 인물의 성별이나 성격을 알 수 있다. 시크한 느낌을 줄곧 유지하고 있는데 묘하게 따라 읽는 즐거움이 있다. 등장인물들은 폴리아모리를 하는 사람들이고, 문래는 그것을 받아들이지 못하고 모노아모리를 추구하면서 갈등한다.

와이와 키키는 각자의 엄마와 아빠가 사랑해서 자살한 것에 반항하듯 비독점적 다자연애를 한다. 부모와 다르게 제도에 저항하는 사람으로 살아가는 것이다. 철공소의 쇳가루가 떠도는 듯한 문래동에서, 이름을 내세울 것도 없는 사람들이 공예 작업을 하고, 폴리아모리에 관한 소설을 쓰며, 눈사람을 만들며 살아가고 있다. 왠지 더 고독해지고, 사랑하지 않으면, 예술 작업을 하지 않으면 안 될 것 같은 곳, 문래동. 이번 가을엔 소설 속의 와이와 키키가 만든 공예품을 사러 그곳에 가고 싶다. 가능하다면 터키가 쓴 소설도……. 그 작품들엔 부조리한 세상에서 겪는 젊은 비애와 진한 예술혼이 묻어있지 않을까.

고요한 _ 2016년 《문학사상》과 《작가세계》 신인상을 받으며 등단했다. 미국 번역문학 전문저널 〈애심토트〉에 단편소설 「종이비행기」가 번역 소개됐다.
e-mail:newspeople14@naver.com

오래된 크리스마스

ㄱㅗㅇㅍㅎㅏㄴ

작가 노트

이 소설은 내가 태어난 곳인 진안을 배경으로 썼다. 실제 소설 속의 배경이 아직도 그곳에 있다. 천변을 따라 들어선 오래된 가게인 양조장과 장시계점과 쌍다리 다방 같은 곳들…… 그리고 주말이면 동생과 갔던 성당. 성당은 읍내의 맨 위쪽에 있었다.

이 단편을 쓰면서 나는 처음으로 소설 속에 내 삶을 끼워 넣었다. 한 번쯤은 진안을 배경으로 써보고 싶었기 때문이었다. 지금 이 순간 다시 읍내의 풍경이 떠오른다. 따라서 이 책이 나오면 다시 떠나온 풍경 속으로 걸어들어 가고 싶다. 그 풍경 속으로 들어가 그때 헤어진 사람들을 만나고 싶다.

오래된 크리스마스

고만고만한 단층집들 사이로 성당 첨탑이 서 있었다. 삼각형 모양으로 생긴 성당 첨탑은 하늘을 찌를 듯 높이 솟아 있어 읍내 어디서든 보였다. 열 시가 되어 성당 첨탑 속에 걸린 종이 뎅그렁 뎅그렁 울리자 성탄 미사에 가는 사람들이 종종걸음을 쳤다. 은석은 종종걸음을 치는 사람들 속에서 요안나를 찾았다. 미사 시간이 다 됐는데도 요안나는 보이지 않았다. 은석은 더는 요안나를 기다리지 못하고 맞선 장소인 읍내 아래쪽으로 차를 몰았다. 막걸리 양조장, 장시계점, 진안 인삼점, 태극당, 동아서점, 농협, 레스토랑…… 눈을 감고도 어디에 무슨 가게가 있고 어디에 무슨 건물이 있는지 훤했던 풍경이 요안나와 헤어진 후부터 낯설게 보였다. 현금을 인출하려고 농협을 찾다 반대편에 있는 군청으로 갔고 군청을 찾다가는 농협으로 간 적도 있었다.

길을 한 번 잘못 든 다음에야 은석은 어머니가 일러준 쌍다리 다방을 찾았다. 다방은 농협이 아니라 군청 앞에 있었다. 차키를 뽑아 주머니에 넣고 은석은 다방 창가에 앉아있는 여자를 바라보았다. 어머니에게 크리스마스 선물을 한 셈치고 나왔지만 마음이 어수선했다. 아침에 일회용 면도기를 사러 집 앞에 있는 슈퍼에 갔다 요안나를 보지 않았다면 가벼운 마음으로 나왔을까. 은석은 면도하다 베인 턱을 쓸어 만지며 약속시간을 십 분 넘겨 다방에 들어갔다. 여자에게 미안하다고 말하고 커피를 시켰다.

— 말씀 많이 들었어요. 어머니한테.

여자의 말에 은석은 쓸쓸하게 웃었다. 어머니는 있는 이야기는 물론 없는 이야기까지 꺼내 아들 자랑을 늘어놓았을 것이다. 간밤 어머니가 슬그머니 사진을 내밀었을 때 은석은 당황했다. 놀랄 것 없다. 그만하면 얼굴도 반반하고 직업도 괜찮더구나. 이젠 네 나이도 생각해야지. 크리스마스가 지나면 너도 마흔이야. 맞선 이야기에 분위기가 냉랭해지자 제수씨가 화제를 돌렸으나 어머니는 듣지 않았다. 요안나 때문에 시뻘건 청춘을 다 보낼 거냐. 어머니는 기어이 요안나 이야기를 꺼내고는 얼굴을 구겼다. 그만 할 때도 됐건만. 그만 잊을 때도 됐건만. 하지만 요안나를 잊지 못하는 건 어머니가 아니라 은석이었다.

은석은 본다, 안 본다, 대꾸를 하지 않고 밥을 먹었다. 한 번 만나 봐. 어머니에게 크리스마스 선물 하는 셈 치면 되잖아. 묵묵히 밥을 먹던 동생이 한 마디 거들자 의기양양해진 어머니는 형하고 동생이 바뀌었다며 푸념했다. 은석이 못마땅할 때마다 하는 말이었다. 은석도 종종 그런 생각을 했다. 동생이 형으로 태어났더라면. 동생은 키가 크고 여자에게 인기도 많았다. 내성적인 은석과 달리 외향적인데다 붙임성까지 좋아 먼저 결혼을 했다. 은석은 동생의 말을 들은 뒤에야 크리스마스 선물을 사오지 않을 걸 알고 식탁에 놓인 사진을 챙겨 일어났다. 내일 아침 열 시 쌍다리 다방이다. 성탄 미사는 안 가도 되니 늦지 말거라. 신부님도 이해하실 게다. 어머니는 신부님까지 끌어들여 자신의 말을 합리화시켰다.

— 읍내가 조용하네요.

— 크, 크리스마스라 그런가 봅니다.

— 하긴요. 크리스마스 아침에 맞선을 보는 사람은 우리 밖에 없을 거예요.

다방은 조용했다. 은석과 여자를 제외하면 다방에는 화장도 하지 않은 얼굴로 커피를 끓이는 여주인 밖에 없었다. 은석은 한 손에 바구니를 들고 다방 건너편 목욕탕으로 들어가는 두 남자 아이를 바라보았다. 일요일 아침에 흔히 볼 수 있는 읍내 풍경이었다. 어릴 적 은석은 일요일마다 어머니가 챙겨준 목욕

바구니를 들고 동생과 목욕탕에 갔다. 남자 목욕탕은 이층에 있었는데 욕탕 안에 들어가면 창밖 풍경이 한눈에 들어왔다. 고만고만한 단층집과 집집마다 심어놓은 감나무와 하늘을 찌를 듯한 성당의 첨탑. 욕탕에서 바라보는 성당 첨탑이 아름다워 동생 몰래 목욕탕에 간 적도 많았다. 욕탕 안에서 성당 첨탑을 보며 은석은 크면 어떤 여자와 결혼할까, 라는 생각을 했다.

은석은 다방에서 흘러나오는 캐럴을 들으며 성당 첨탑을 바라보았다. 크리스마스에 맞선을 볼 줄 알았다면 은석은 집에 내려오지 않았을 것이다. 지금까지 크리스마스에는 온 가족이 성탄 미사에 갔다. 어머니는 추석이나 설날보다 크리스마스를 더 큰 명절로 여겼다. 크리스마스 무렵이 되면 어머니는 아침저녁으로 전화를 걸었다. 다른 약속은 잡지 말라는 일종의 압력이었다. 때문에 크리스마스면 어머니의 성화에 못 이겨 매번 집에 내려왔다. 이번에는 새로 부임한 신부님과 맞는 크리스마스니 온 가족이 참석해야 한다고 몇 번을 강조한 터였다. 그런 어머니가 성탄 미사 시간에 맞춰 맞선을 잡아놓은 건 요안나 때문이었다. 결혼 후 명절날에도 오지 않는 요안나가 크리스마스에는 온다는 걸 안 것이다. 말하자면 성탄 미사에 갔다 요안나를 만날까봐 미리 차단을 시킨 것이었다. 어머니는 동생과 제수씨에게 요안나가 왔다는 말은 절대 말라고 신신당부를 한

게 뻔했다. 하루 먼저 내려온 동생이 요안나를 못 보았을 리 없
었다. 집 앞에 있는 슈퍼가 요안나의 집이었다.

은석은 커피를 한 모금 마셨다. 무슨 말을 해야 했지만 말재
주가 있는 편이 아니었다. 그렇다고 숫기가 있지도 않았다. 어
색한 분위기를 바꾼 것은 여자였다. 대화가 끊겨 분위기가 서
먹서먹하자 스스럼없이 자신의 이야기를 꺼냈다. 무주에서 태
어난 여자는 대학을 졸업하고 나서 십사 년째 글쓰기 학원을
운영한다고 했다. 여자가 말을 할 때마다 은석은 추임새를 넣
듯 네, 그렇군요, 하며 되도록 짧게 맞장구를 쳤다.

— 저게 마이산인가 봐요?

성당 첨탑 뒤로 보이는 산을 가리키며 여자가 물었다.

— 모양이 마추픽추 같아요.

— 마, 마추픽추요?

— 몇 년 전 마추픽추에 갔었는데 그곳에도 두 개의 봉우리
가 우뚝 솟아 있었어요.

여자는 마이산을 바라보며 커피를 한 모금씩, 한 모금씩 마
시고 잔을 내려놓았다.

— 마이산에 갈래요?

은석이 커피 잔을 만지며 뭉그적대자 여자는 어서요, 하고는
엉덩이를 들고 일어났다. 별 수 없이 은석은 자리에서 일어났

다. 다방에서 여자와 어색하게 커피를 마시며 시간을 보내느니 마이산에 다녀와 점심을 하면 시간이 빨리 갈 것 같았다. 은석은 쌍다리 다방을 나와 차에 여자를 태웠다. 여자는 조수석에 앉아 들뜬 얼굴로 마이산을 바라보았다. 두 개의 바위가 땅에서 봉긋 솟아오른 듯 서 있었는데 그 모양이 말의 귀처럼 생겼다 해서 마이산이었다. 왼쪽이 숫마이산이고 오른쪽이 암마이산이었다. 숫마이산이 암마이산보다 높고 뾰족했다.

은석은 쌍다리를 지나 마령 쪽으로 차를 몰았다. 마이산 가는 길은 입구가 두 개라 어느 쪽으로 가든 상관없지만 겨울철에는 읍내 쪽에서 가는 것보다 돌아가더라도 마령 쪽으로 가는 편이 나았다. 읍내 쪽에서 가면 오르막인데다 눈이 쌓여 있으면 탑사로 넘어갈 수 없었다. 탑사를 보지 않으면 마이산의 반은 보지 못한 것이었다. 나머지 반은 화엄굴에서 내려다보는 아름다운 풍경이었다. 은석이 마령 쪽으로 간 것도 탑사를 구경시켜주고 바로 화엄굴까지 올라갈 생각에서였다.

은석은 룸미러로 멀어지는 성당 첨탑을 바라보고 속도를 높였다. 지금쯤 미사는 말씀의 전례가 끝나고 성찬의 전례로 넘어갈 시간이었다. 성찬의 전례면 미사의 반은 지나간 것이었다. 은석은 미사 도중에도 주위를 둘러보며 요안나를 찾고 있을 어머니를 떠올리며 우회전을 했다.

우측으로 지붕이 무너진 창고가 보였다. 요안나와 갔을 때 반쯤 무너진 지붕은 그 사이 나머지 반쪽도 무너져 있었다. 지붕이 무너진 창고를 지나자 매표소가 나왔다. 은석은 매표소 앞 주차장에 차를 세웠다. 주차장은 텅 비어 있었고 매표소 입구를 따라 들어선 음식점은 크리스마스라 문을 연 곳이 없었다. 은석은 매표소에서 표 두 장을 끊고 저수지 오른편으로 난 길을 따라 여자와 탑사로 걸어갔다. 걸으면서 여자는 이것저것을 물었다. 집엔 자주 내려오느냐, 성당엔 언제부터 다녔느냐, 세례명이 뭐냐, 탑사엔 얼마나 와 봤느냐며 시시콜콜 질문을 했다. 말을 더듬을까봐 오는 내내 말을 하지 않았는데 아무래도 그게 신경 쓰인 모양이었다. 은석과 달리 여자는 설레는 마음으로 맞선을 보러 나왔을 것이다. 새벽부터 일어나 화장을 하고 머리를 다듬고 몇 번씩 옷을 바꿔 입는 모습을 떠올리자 은석은 미안한 마음이 들었다. 게다가 여자는 무주에서 한 시간 동안 차를 몰고 온 것이다.

─ 맨 위에 있는 게 천, 천지탑이죠. 천지탑은 탑사 중에서 가장 높은 곳에 있을 뿐더러 가장 크죠. 돌탑의 우두머리래요. 저건 약사탑이고 저건 중앙탑이죠.

은석은 손가락으로 탑을 가리키며 하나하나 이름을 알려주고 친구가 운영하는 기념품 가게를 바라보았다. 크리스마스인데도 기념품 가게는 문이 열려 있었다. 요안나와 이곳에 올 때마다 탑사 이름을 알려준 것도 기념품 가게를 하는 친구였다. 은석이 친구를 마지막으로 본 게 3년 전 크리스마스 밤 모임이었다. 그날 밤 모임에 나가지 않았다면 아침부터 맞선을 본다고 수선을 떨 필요도 없었다. 요안나와 어긋난 것도 그날 밤이었다.

— 탑이 어떻게 흔들리지 않고 서 있죠?

여자가 고개를 갸웃거리며 물었다.

— 음, 음양의 조화 때문이래요. 돌에도 암수가 있는데 돌을 쌓을 때 암수를 구분해 아귀를 맞췄대요. 음의 돌덩이 하나 쌓고 양의 돌덩이 하나 쌓고, 양의 돌덩이 하나 쌓고 음의 돌덩이 하나 쌓고. 바람이 불어도 무너지지 않고 백년을 버틴 건 이런 음양의 조화 때문이래요. 하지만 개중 흔들리는 탑이 있어요. 저, 저거 보이죠? 저 중앙탑이 바람이 불면 흔들렸다가 멎는데요. 일명 흔들탑이죠.

탑의 이름을 알려주고 나서 은석은 친구와 마주칠까봐 탑사로 올라갔다. 계단에 잔설이 있어 천지탑까지는 올라가지 못하고 흔들탑 앞에서 걸음을 멈췄다. 한 번은 요안나가 탑이 흔들리는 것을 보려고 이 자리에 서서 흔들탑을 바라본 적이 있었다. 오 분이 지나고 십 분이 지나도 탑은 흔들리지 않았다. 이

십 분이 지나 내려가려고 하는데 계곡에서 불어온 바람에 탑이 기울었다. 저것 봐. 탑이 흔들려. 요안나가 소리쳤다. 탑은 왼쪽으로 기우는가 싶더니 이내 반동으로 오른쪽으로 기울었다가 중심을 잡고 멎었다. 눈 깜짝할 사이였지만 은석도 탑이 흔들리는 것을 보았다. 그 후 탑이 흔들리는 것을 본 적은 없었다.

은석은 여자와 탑사를 내려와 숫마이산 기슭에 있는 화엄굴로 가려고 왼쪽으로 갔다. 화엄굴 입구에는 호위병처럼 돌탑이 여기저기 쌓여 있었다. 수십 개가 넘는 돌탑은 고만고만했지만 어른 키만큼 높이 올라간 것도 있었다. 돌탑은 위쪽까지 빽빽이 세워져 더 이상 쌓을 자리가 없었다.

— 이건 사, 사람들이 쌓은 겁니다. 여기에 다시 온다는 의미로 하나 둘 쌓은 게 이렇게 많아진 거죠.

— 어머머 그래요? 저도 마추픽추에 돌을 하나 쌓고 왔는데……

여자는 돌을 주워 누군가가 쌓아놓은 돌탑 위에 올려놓았다. 은석도 이 자리에 돌탑을 쌓은 적이 있었다. 요안나가 돌을 주워오면 크기대로 분류한 다음 가장 넓적한 돌을 주춧돌 삼아 탑을 쌓았다. 하나, 둘, 셋, 넷, 다섯, 여섯…… 사랑한 햇수만큼 돌을 쌓고 일곱 번째 돌을 올려놓는 순간 돌탑이 무너졌다.

돌과 돌 사이에 작은 돌을 끼워 균형을 맞춰 쌓아도 일곱 번째 돌을 올려놓으면 무너졌다. 그때부터 육 년 동안 쌓아 올린 사랑이 금가기 시작했다. 커피를 마시고 싶다고 해서 커피를 시키면 요안나는 다시 콜라를 시켰고, 콜라를 마시고 싶다고 해서 콜라를 시키면 요안나는 다시 커피를 시켰다. 비빔밥을 먹고 싶다고 해서 비빔밥을 시키면 갑자기 볶음밥을 하나 더 주문했다. 마치 세 사람이 앉아 있는 것처럼 언제나 테이블에는 콜라나 커피가 한 잔씩 더 놓여 있거나 손도 안댄 비빔밥이나 볶음밥이 놓여 있었다. 삼계탕집에서 실랑이를 벌인 적도 있었다. 은석이 삼계탕을 못 먹는 줄 알면서 요안나는 두 그릇을 시켰다.

— 먹어 봐.

젓가락을 대지 않자 요안나가 닭다리를 뜯어 주었다.

— 먹어보라니깐.

닭다리를 받았지만 은석은 용기가 나지 않았다.

— 못 먹겠어.

닭다리를 스테인리스 밥뚜껑에 내려놓자 요안나가 다시 집어 들이밀었다.

— 언제까지 삼계탕은 안 먹을 건데? 사랑한다면서 이걸 못 먹어?

사랑이라는 말에 은석은 닭다리를 뜯었다. 이물질을 씹는 것처럼 닭고기는 입안에서 맴돌 뿐 넘어가질 않아 꿀꺽 삼켰다. 목구멍에 닭고기가 걸렸다. 은석은 손을 입속으로 집어넣어 목구멍에 걸린 닭고기를 끄집어내 밥뚜껑에 놓았다. 요안나는 밥뚜껑에 놓은 닭고기를 집어 다시 주었다. 속이 니글거렸지만 은석은 침으로 범벅인 닭고기를 받아 입에 넣고 콜라를 마셨다. 콜라에 섞여 닭고기는 목구멍 안으로 넘어갔다. 닭다리 하나를 먹고 났을 때 콜라 두 병이 비워져 있었다. 은석은 남은 닭다리를 마저 먹고 삼계탕집을 나왔으나 얼마 못가 전봇대를 붙잡고 먹은 것을 토했다. 전봇대에 쏟아낸 구토물을 보며 못먹는 삼계탕을 먹고 토하는 것도 사랑이라 생각했다. 참고 견디는 것이 사랑이라고 생각했다. 속은 니글거렸지만 뿌듯했다. 다음에는 먹고 토할망정 닭다리 하나는 뜯을 수 있겠다고 생각했다.

은석은 여자와 화엄굴 계단을 올라갔다. 여자는 계단을 잘 오르지 못했다. 탑사로 올라가는 길보다 가파른 데다 잔설이 많아 계단을 오를 때마다 난간을 붙잡았다.

— 그, 그만 내려갈까요? 하, 하이힐을 신고 오르기엔 무리에요.

최대한 티를 안내고 차분히 말하려 했지만 은석은 또 말을 더듬었다. 여자는 은석이 말을 더듬는 것에 대해 불편해 하지 않았다. 그런 모습이 은석은 어딘지 모르게 친근하게 느껴졌다. 여자는 난간을 붙잡은 채 구름 한 점 없는 마이산 꼭대기를 올려다보며 하이힐을 툭툭 찼다.

— 마이산에 올 줄 알았으면 굽 낮은 신발을 신고 오는 건데. 실은 마추픽추를 오를 때도 이렇게 굽이 높은 구두를 신었어요. 그 모습이 상상이 안 되죠?

— 네, 조금.

— 마추픽추를 오르는 것보다 힘드네요.

— 설, 설마요.

— 정말인데.

— 왜 마추픽추에 갔는데요?

여자는 다시 하이힐을 툭툭 차고는 남의 이야기를 하듯 말했다.

— 남자를 사귀었는데 유부남이었어요. 진짜 사랑했는데……그 남자 때문에 도저히 살 수가 없어 마추픽추에 갔는데 그곳에 가서도 남자를 떠올렸어요. 같이 왔으면 얼마나 좋았을까 하구요. 그 남자를 잊기 위해 떠났다가 그 남자만 떠올렸죠. 그런데 마추픽추에 올라 돌만 남은 황폐한 집터를 본 순간 깨달았어요. 우리는 결코 같이 살 집을 지을 수 없었다는 걸. 그 순

간 돌 위에 남자를 내려놓았어요. 그 남자를 사랑했던 마음도 같이. 세상에 내려놓지 못할 건 없어요.

은석은 앞서서 계단을 내려갔다. 계단은 올라가는 것보다 내려가는 게 힘들었다. 옆에서 나란히 걸어내려 가며 손을 잡아 줘야 했지만 용기가 나질 않았다. 대신 여자가 미끄러질까봐 어깨에 힘을 주고 최대한 간격을 좁히며 내려갔다. 은석은 요안나와의 거리도 어쩌면 이 만큼이라고 생각했다. 한 계단의 거리. 은석이 한 계단 올라가면 이미 요안나는 한 계단을 올라가 있었고 은석이 한 계단 내려가면 이미 요안나는 한 계단을 내려간 후였다. 한 계단의 거리는 점차 벌어져 두 계단이 되었고 세 계단이 되었고 어느 순간 보이지 않을 만큼 간격이 벌어졌다.

— 은석아?

계단을 내려갔을 때 기념품 가게 앞에 친구가 서 있었다.

— 성탄 미사는 어떡하고 여기 온 거야?

— 그, 그게 좀…… 그렇게 됐어.

갑작스레 친구와 부딪쳐 은석은 당황했다. 이쪽은, 이쪽은…… 하며 여자를 소개하려다 또 말을 더듬었다. 그때 여자가 앞으로 나와 은석 씨 친구예요, 하고는 고개를 숙여 인사를 했다. 친구도 얼떨결에 고개를 숙였다. 여자는 은석이 친구와 이야기를 나눌 수 있도록 먼저 매표소 쪽으로 내려갔다. 괜히 미안해진 은석은 친구에게 자세한 이야기는 나중에 하자고 말하고 뒤쫓아 갔다.

읍내로 가면서 은석은 3년 전 크리스마스 밤 모임을 떠올렸다. 그날 은석은 요안나와 밤 모임에 나갔다. 그 밤 모임은 읍내 고등학교를 졸업한 친구들이 만들었는데 모임 장소에 도착했을 때 스무 명이 넘는 친구들이 마주앉아 삼겹살을 굽고 있었다. 불판에서 피어오른 연기로 실내는 자욱했고 다들 몇 잔씩 걸쳤는지 얼굴이 볼그족족했다.

은석은 삼겹살이 타는 냄새에 코를 찡그리고는 빈자리를 찾았다. 우영의 옆자리가 비어 있었지만 기념품 가게 친구한테 가서 앉았다. 성격이 거친 우영과 있으면 은석은 어머니 앞에서처럼 주눅이 들었다. 고교시절 내내 같은 반을 했지만 친해질 수 없었던 것도 성격 때문이었다. 아무리 어울리려고 해도 성격이 맞지 않았다. 은석이 자리에 앉자 우영이 건배를 외쳤다. 친구들은 서로 건배를 하려고 우영 앞으로 몰려갔다. 소주잔과 소주병이 엎어지고 깨졌지만 왁자지껄한 소리에 묻혀 버렸다. 은석은 요안나와 기념품 가게 친구와 셋이 술을 마셨다. 술잔이 몇 순배 돌고 불판에 올려놓은 삼겹살이 시커멓게 타들어갔을 때 우영이 어깨를 쳤다. 우영은 이게 얼마만이냐며 소

주와 맥주를 반반 컵에 따라 수저로 휘저은 후 폭탄주를 건넸
다. 소주를 많이 타 독했지만 은석은 내색하지 않고 폭탄주를
마셨다. 은석도 마신 잔에 소주와 맥주를 반반 섞어 주었다. 우
영은 단번에 폭탄주를 마시고는 그 잔에 폭탄주를 만들어 요안
나에게 주었다. 요안나가 폭탄주를 마시는 걸 보고 나서야 우
영은 제자리로 돌아갔다.

삼겹살집을 나와 이차로 맥줏집에 갔다. 전에 없이 살갑게
구는 우영이 불편해 은석은 맥줏집에서도 떨어져 앉았다. 그런
데 화장실에 다녀온 사이 우영이 자신의 자리에 앉아 요안나와
이야기를 하고 있었다. 저기, 저기…… 자리를 비켜 달라고 말
하고 싶었지만 은석은 혀가 꼬인 것처럼 말을 더듬었다. 폭탄
주 탓인가 하고 다시 말했지만 또 저기, 저기, 였다.

삼차는 소줏집에 갔고 사차는 노래방에 갔다. 스무 명이 넘
는 친구들은 술집을 옮길 때마다 하나 둘씩 빠져 노래방에는
네 사람밖에 없었다. 기념품 가게 친구가 술에 취해 마이크를
잡고 노래를 부르자 우영이 요안나의 손을 잡고 무대로 끌고
가 블루스를 췄다. 노래에 맞춰 블루스를 추며 우영은 요안나
의 엉덩이를 더듬었다. 이번에도 은석은 저기, 저기, 였다. 그
때 요안나가 우영의 뺨을 치고 나갔다. 우영은 멍하니 서서 뺨
을 어우만지더니 은석을 밀치고 나갔다. 그 바람에 은석은 뒤

로 넘어져 바닥에 떨어진 맥주병에 허리를 눌리고 말았다. 허리를 싸고도는 통증을 참고 밖으로 나갔다. 요안나는 보이지 않고 휘날리는 눈 속으로 우중충한 천변 여관이 보였다.

은석은 그 밤을 떠올리며 얼굴을 찡그렸다. 여자는 차창으로 마이산을 바라보고 있었다. 여전히 마이산 꼭대기에는 구름 한 점 없었다. 아침부터 은석은 계속 뒤를 돌아보았다. 성당 앞에서는 맞선을 보러 가면서 뒤를 돌아보았고 다방을 찾다가는 길을 잘못 들어 뒤를 돌아보았고 마이산에 갈 때는 성당 첨탑을 돌아보았다. 여자와 있을 때는 요안나와의 일을 돌아보았다. 은석은 이제 뒤를 돌아보지 않겠다고 작정하고 정면의 성당 첨탑을 바라보았다. 성탄 미사가 끝나 성당에서 사람들이 나오고 있었다. 정오였다. 은석은 읍내로 진입하자마자 점심은 반드시 하고 오라는 동생의 말이 떠올라 여자에게 뭘 좋아하냐고 물었다.

─ 삼계탕요.

삼계탕이란 말에 은석은 목구멍에 닭 뼈가 걸린 것처럼 헛기침을 했다.

─ 삼, 삼계탕을 좋아해요?

─ 원래 이 읍내가 삼계탕으로 유명하잖아요. 하지만 맞선자리에서 삼계탕을 먹는 여자는 없겠죠. 실은 어머님한테 은석

씨가 삼계탕을 못 먹는다는 이야기를 듣고 해본 소리예요. 삼
계탕은 먹지 않을 테니 걱정 말아요. 맞선자리인 만큼 우아하
게 칼질을 해야죠.

은석은 요안나와 자주 간 레스토랑으로 가려고 읍내 아래쪽
으로 내려갔다. 순간 아침부터 여자와 간 곳이 죄다 요안나와
간 곳이라는 생각에 다른 곳으로 가려고 우회전을 했다. 그때
요안나를 보았다. 손에 미사책을 든 걸 보니 성탄 미사에 갔다
오는 모양이었다. 성탄 미사 삼십 분 전부터 성당 앞에 차를 세
우고 기다렸건만 언제 간 것일까, 하고 은석은 고개를 갸웃거
렸다. 은석은 요안나의 발걸음에 맞춰 속도를 줄이며 인도 쪽
으로 차를 붙여 몰았다.

— 아는 사람이에요?

여자가 물었다.

— 아, 아니에요.

속도를 조금 높이자 차가 요안나 옆을 지나갔다. 여자가 고
개를 돌려 요안나를 쳐다보았다. 순간 은석은 요안나와 눈이
마주쳤다. 요안나는 아무 것도 보지 않은 것처럼 고개를 돌리
고는 천변으로 걸어갔다. 은석은 점심은 반드시 하고 오라는
동생의 말을 저버리고 쌍다리 다방 앞에 차를 세웠다.

— 올, 올, 올라가봐야 할 것 같아요.

여자가 눈을 동그랗게 뜨고 은석을 쳐다보았다. 말을 더듬어서 그런 게 아니라 갑자기 올라가봐야 한다는 말에 놀란 모양이었다. 은석은 머리를 긁적이며 여자를 바라보았다. 서글서글한 눈매하며 적당히 솟은 콧날, 야무진 입술. 뒤로 단정하게 머리를 묶어 여자의 얼굴은 단아해 보였다. 은석은 더듬거리지 않으려고 최대한 천천히 미안하다고 말했다. 지금이 아니면 요안나를 만날 시간이 없었다. 작년 크리스마스에도, 재작년 크리스마스에도 성당에 갔지만 어머니 때문에 요안나를 만나지 못했다. 이 시간에도 어머니는 요안나를 만나지 못하게 슈퍼 앞을 지키고 있을 게 뻔했다. 사실 은석이 집에 내려온 것도 어머니 때문이 아니라 요안나 때문이었다.

　─ 그럼 식사는 다음에 해요.

　은석은 그렇게 하겠다고 말하고 차에서 내렸다. 뒤따라 내린 여자는 다방 앞에 세워둔 자신의 차에 올랐다. 운전석 앞에 여자가 말한 마추픽추 모형물이 붙어 있었다. 은석이 그걸 보는 걸 알고 여자가 기념물로 사왔다고 했다. 은석은 여자의 차가 쌍다리를 건너가는 것을 보고 천변으로 갔다.

　성당이 맨 위쪽에 있다면 천변은 맨 아래쪽이었다. 성당 첨탑에서 보면 읍내는 물고기가 마이산을 향해 헤엄쳐가는 형상이었는데 천변이 조성된 것도 이 때문이었다. 물고기의 아랫배

부분을 따라 조성된 천변에는 팔십 년대 지어진 상가가 줄지어 있었다. 아래쪽으로 내려갈수록 천변을 따라 들어선 상가들은 더욱 낡아 있었다. 읍내에서 가장 낡은 건물이 많은 곳이 천변이었다. 은석은 3년 전 갔던 고깃집과 노래방을 지나 천변 여관 앞에서 잠시 멈춰 섰다 다시 뛰어갔다. 요안나는 천변 끝에 있었다. 은석은 무슨 말을 해야 할까 망설였다. 이게 몇 년 만이냐고, 그동안 잘 살았냐고, 우영은 잘 있냐고 물어야 하나. 아니면 명절에는 왜 안내려왔냐고 물어야 하나. 묻고 싶은 말은 많았지만 말을 더듬을까봐 최대한 짧게 말했다.

― 요, 요안나.

요안나가 뒤를 돌아보았다.

― 은석아.

3년 전 요안나가 은석이 일하는 성당 사무실로 찾아온 건 크리스마스 다음날이었다. 우영 씨하고 잤어. 은석은 눈앞이 하얬지만 봉헌금 바구니에서 세려고 한 주먹 꺼낸 동전을 움켜쥐었다. 손바닥 안에서 부딪친 동전이 손가락 사이로 빠져나갔다. 쨍그렁. 하나가 떨어지자 손힘이 빠지면서 동전이 쏟아졌다. 은석은 마음을 가라앉히려고 바닥에 떨어진 동전을 주우며 백 원, 이백 원, 삼백 원, 사백 원, 하고 셌다. 이 순간에도 동전을 줍고 싶어? 하긴 이게 은석 씨지. 매사에 참는 게 사랑이라고 생각하니까. 사람은 둘인데 콜라를 하나 더 시켜도 말 못하고 비빔밥을 하나 더 시켜도 말 못하고 못 먹는 삼계탕을 먹여도 꾸역꾸역 먹고 토하니까. 그게 사랑이라고 생각하니까. 내가 우영 씨와 블루스를 춰도 가만히 보고 있는 게 은석 씨지. 우영 씨가 내 엉덩이를 만져도 모른 척 술만 마시고 있는 게 은석 씨라고. 저기, 저기, 하면서 참고 견디는 게 사랑이라고 생각하니까. 하지만 어디 그게 사랑이야? 사랑은 참는 게 아니라 사랑은 참지 않는 거야. 달려들고 악을 쓰는 게 사랑이라고. 다른 남자와 자고 온 나를, 내 뺨을 후려치는 게 사랑이라고. 구둣발로 내 몸을 짓밟는 게 사랑이란 말야. 은석은 달려들고 악을 쓰는 대신 요안나를 붙잡았다. 하지만 요안나는 하이힐로 은석의 손등을 짓밟고 나갔다.

은석은 하이힐 자국이 찍힌 손등을 바라보다 다시 동전을 주웠다. 달려들고 악을 쓰는 게 사랑이라니. 커피를 시켜놓고 마시지 않겠다며 콜라를 시킬 때도, 콜라를 시켜놓고 마시지 않겠다며 커피를 시킬 때도, 한 잔씩 남은 커피와 콜라를 마신 것도 사랑 때문이었다. 못 먹는 삼계탕을 꾸역꾸역 먹은 것도 사랑 때문이었다. 사랑에도 사순절처럼 고통의 시간이 있다고 생각했다. 사랑은 참고 견디는 거라고. 그런데 그게 사랑이 아니라니. 참고 견뎠던 사랑이 사랑이 아니라니. 참고 견디는 것이 사랑이라고 알았던 은석이었다.

— 마이산에 갈까.

천변을 걸어 나왔을 때 요안나가 말했다.

— 마, 마이산에?

은석은 선뜻 대답을 하지 못했다. 요안나와 갔다 친구와 부딪치면 뭐라고 한단 말인가. 하지만 은석은 요안나의 말을 거절하지 못하고 차를 세워둔 쌍다리 다방으로 갔다. 여자를 태운 자리에 요안나를 태우고 마이산으로 차를 몰았다. 차창으로 여자 얼굴이 스쳐지나 갔다. 여자의 얼굴을 지워내며 은석은 마이산을 바라보았다. 서쪽 하늘에서 구름이 스멀스멀 몰려오고 있었다. 은석은 페달을 밟았다. 요안나는 차창 밖만 바라보다 주머니에서 담배를 꺼내 입에 물었다. 담배에 라이터 불을 붙이자 손가락에 낀 결혼반지가 반짝거렸다. 은석은 우영의 목을 비틀듯 운전대를 움켜잡았다.

— 우, 우, 우영인 왜 안 왔어?

은석은 우영이 옆에 앉아있는 것처럼 말을 심하게 더듬었다.

— 왜 이렇게 말을 더듬어? 어디 아픈 거야?

— 마음이.

은석은 3년 전 크리스마스 밤 모임 이후 말을 더듬었다고 말하고 싶었지만 그 말은 하지 않았다. 대신 그 마음이란 것을 꺼내 보여주고 싶었다. 하지만 마음이란 것은 가슴 속에서도 가장 깊은 곳에 들어앉아 있어 꺼낼 수 없었다. 행여 꺼낸다 해도 보이지 않는 그 마음이란 것을 어떻게 보여준단 말인가. 순간 은석은 마추픽추를 떠올렸다. 그곳에 가면 여자의 말대로 마음을 내려놓을 수 있을까. 그럴 수만 있다면 그곳에 가서 요안나와 같이 보냈던 마음을 내려놓고 싶었다. 세상에 내려놓지 못할 건 없다고 하지 않았던가. 은석은 차안에 흐르는 정적이 자신 때문인 것 같아 다시 우영의 소식을 물었다.

— 별거 중이야.

읍내 소문이면 다 아는 어머니한테도 듣지 못한 이야기였다. 은석은 말없이 운전대를 움켜잡은 손을 붙였다 뗐다 하면서 전방만 주시했다. 요안나가 피운 담배연기가 차안에 고였다. 은석은 요안나가 피우는 담배를 집어 한 모금 빨고 싶었다. 한 모금 빨면 답답한 마음이 조금 나아질 것 같았다. 담배 대신 은석은 한숨을 내쉬고는 지붕이 무너진 창고를 지나갔다.

그날도 크리스마스 밤이었다. 은석은 요안나와 천변 레스토랑에서 저녁을 먹고 마이산을 향해 걸어갔다. 마이산 매표소에 거의 다 갔을 때 눈이 쏟아져 지붕 한쪽이 무너진 창고에 들어갔다. 한 때 작업실로 쓴 창고에는 나무를 깎아 만든 조각상이 군데군데 서 있었다. 한쪽에는 남자 조각상이 있었고 다른 쪽에는 여자 조각상이 있었다. 조각상 주변에는 타다 만 초가 널려 있었다. 타다 만 초에 불을 붙이자 한쪽이 찌그러진 하트 모양이 생겨났다. 누군가 하트 모양으로 초를 밝힌 모양이었다. 은석은 남자와 여자 조각상을 끌어다 위아래로 포개놓고 종이에 불을 붙였다. 종이에서 타오른 불이 여자 조각상의 다리에 옮겨 붙었다. 순식간에 여자 조각상의 다리 하나가 불에 타서 사라졌다. 불은 활활 타올라 여자 조각상 위에 포개져 있는 남자 조각상으로 옮겨 붙었다. 기묘하게 두 조각상은 서로의 몸을 얼싸안은 모양으로 타올랐다. 순간 요안나가 은석을 끌어안았다. 은석은 요안나를 꽉 끌어안았다가 밀어내고는 반쯤 무너진 지붕 사이로 쏟아지는 눈만 바라보았다.

— 결, 결혼까지 했으면 보란 듯이 잘 살 일이지 왜 별거하는 거야?

은석은 매표소 쪽으로 우회전을 하며 물었다. 요안나는 조수석 창문을 열고 꽁초를 내던졌다.

— 죄책감이겠지. 친구의 여자를 가로챘다는 죄책감 말야. 우영씬 여기 떠난 후 보험판매원으로 일했어. 하지만 한 달도 못하고 때려 쳤어. 그 다음 직장 역시 두 달 만에 때려 쳤고. 지금까지 직장을 옮긴 게 열다섯 번이야. 석 달 이상을 못 다녀. 하루 출근했다가 온 적도 있어. 그러니 어떻게 명절날에 올 수

있겠어.

요안나가 성당에서 결혼식을 올린 날, 은석은 사무장실에서 두 사람의 결혼식을 지켜보았다. 참지 않고 악을 쓰는 게 사랑이라면 달려가 결혼식을 막아야 했지만 은석은 성당 안으로 달려가지 않았다. 대신 요안나를 만나면서 시작한 성당 사무장 일을 그만두려고 사표를 써놓고 창가로 갔다. 그때 성당 정문이 열리면서 턱시도를 입은 우영과 웨딩드레스를 입은 요안나가 나왔다. 은석은 창가에 서서 두 사람이 웨딩카에 오르는 것을 보았다. 그리고 며칠 후 요안나가 신혼여행에서 돌아와 읍내에서 세 시간 거리에 있는 도시에 신혼살림을 차렸다. 그 후 은석은 읍내를 떠났다.

— 맞선은 잘 봤어?

— 어? 그거……

— 어머니한테 들었어. 맞선본다고.

— 그, 그랬구나. 근데 성탄 미사는 언제 간 거야?

은석은 다시 운전대를 움켜쥐며 물었다.

— 네 차가 읍내 아래쪽으로 내려가는 걸 보고 난 후.

— 그, 그랬구나.

— 맞선 본 여자는 맘에 들어? 아까 네 차에 옆에 앉아있는 여자를 봤어.

은석은 좋다, 싫다 말하지 않았다. 여자는 호감이 있는 눈치였다. 계속 은석에게 말을 걸었고 탑사 이름을 알려줄 때는 이야기를 놓치지 않으려고 귀를 기울였다. 말을 더듬는 것에 대해서도 불편해하지 않았다. 은석도 여자가 불편하지 않았다. 어머니에게 크리스마스 선물을 할 생각으로 나왔다가 마이산까지 다녀온 것이다.

은석은 매표소 앞쪽 주차장에 차를 세우고 문을 열고 내렸다. 요안나는 손에 쥔 미사책을 놓고 내렸다. 은석은 앞서서 매표소로 갔다. 표를 끊으려고 매표소 안으로 돈을 밀어 넣자 안에 있던 직원이 아까 왔으니 그냥 들어가라며 되돌려주었다. 은석이 주춤거리자 직원은 오늘은 크리스마스니까요, 하고 웃었다. 은석은 돈을 집어 주머니에 넣고 요안나와 탑사로 걸어갔다. 오전과 달리 음식점 몇 군데는 문이 열려 있었다. 한 음식점에서 나온 남녀가 저수지를 따라 탑사로 올라갔다. 뭐가 재미있는지 남녀는 탑사에 도착할 때까지 까르르, 까르르 웃었다. 남녀는 탑사로 올라가지 않고 기념품 가게로 들어갔다. 유리창으로 친구가 보였다. 친구가 볼까봐 은석은 고개를 돌렸다.

— 누가 방금 돌을 올려놓고 갔나 봐.

요안나가 화엄굴 입구에 있는 돌탑을 가리켰다. 여자가 쌓은 돌이었다. 은석은 돌을 하나 주워 여자가 쌓은 돌 위에 올려놓았다. 돌은 미끄러지지 않았다. 은석은 두 개의 돌을 바라보다 까르르 거리는 소리에 고개를 돌렸다. 기념품 가게에서 두 남녀가 나오고 있었다. 뒤따라 친구가 카메라를 들고 나왔다. 기념품 가게를 하면서 친구는 탑사를 배경으로 손님들 사진을 찍어주는 모양이었다. 가게 앞에는 즉석 사진 바로 현상이라는 문구가 크게 적혀 있었다. 두 남녀가 탑사를 배경으로 포즈를 잡는 순간 은석은 카메라에 잡힐까봐 요안나와 흔들탑으로 올라갔다. 흔들탑까지 갔을 때 눈발이 날렸다.

— 미안해.

은석은 흔들탑에서 시선을 거두고 요안나를 바라보았다.

— 이번 크리스마스에 내려온 건 널 만나기 위해서였어. 널 만나서 미안하다고 말하려고. 미안하다고 말하면 우영 씨가 돌아올 것 같아서.

흔들탑 꼭대기에는 눈이 하얗게 내려앉았다. 은석은 손바닥으로 떨어지는 눈을 받았다. 그 눈을 보며 마추픽추를 떠올렸다.

— 마추픽추에 가면 사랑한 것들을 내려놓는 돌이 있대. 그 돌에 사랑했던 마음까지 내려놓는데. 그 돌 이야기를 들었을 때……

　은석은 거기서 말을 멈추었다. 사실 은석은 가장 먼저 요안나를 그곳에 내려놓고 싶었다. 하지만 요안나를 내려놓을 수 있을까. 그때 주머니에 있는 휴대폰이 울렸다. 여자였다. 은석이 휴대폰을 꺼내 받자 여자는 들뜬 목소리로 무주에 눈이 온다며 진안에도 눈이 오냐고 물었다. 은석이 아무 말을 못하고 휴대폰만 잡고 있자 요안나가 자리를 피해 계단을 내려갔다. 은석은 눈 속으로 내려가는 요안나를 하염없이 바라보았다. 어디서 성당의 종소리가 뎅그렁, 뎅그렁, 울렸다.

내려놓는 사랑, 그 뒤안길에서…

고요한 작가의 소설은 사랑이 주된 서사다. 에로틱한 남녀의 사랑을 통속의 경계를 벗어나지 않을 지점에서 감질나게 잘 묘사한다. 그래서 돌발적이고 솔직하며 거침없다. 오랜 시간 속에서도 만남과 헤어짐의 애틋한 서정성은 사랑의 본질로 치달아 지금까지 계속된다. 습작 초기의 숨겨 놓은 순수의 세계를 오래된 크리스마스를 통해 마이산의 돌탑과 마추픽추를 병렬해 사랑의 단면들을 호소력 있게 보여준다.

남녀의 사랑은 돌을 쌓는 것처럼 불안정하다. 사랑을 쌓아올리기는 힘들지만 금이 가고 흔들려 무너지기는 일순간이다.

은석은 참고 견디는 게 사랑이라고 생각한다. 사랑하기에 요안나가 요구하는 삼계탕을 먹기 싫어도 먹고 다시 게워낸다. 어쩌면 먹기 싫은 삼계탕도 맛있게 먹지 못했기에 은석은 요안나를 끝까지 잡지 못했을지도 모르겠다. 은석에 비해 요안나의 사랑은 이기적이며 잔인하다. 상대가 닭고기를 먹는 걸 고통스러워하는 걸 알면서도 사랑한다면 먹으라고 강요한다. 그랬기에 그녀의 사랑은 파행을 초래했다. 크리스마스에 은석과 맞선을 본 여자가 있다.

마추픽추의 집터를 보고 유부남과의 사랑이 결코 함께 살 집을 지을 수 없다는 걸 깨달은 여자의 선택은, 돌 위에 남자를 내려놓고 사랑했던 마음마저 내려놓았다. 내려놓은 사랑의 경험을 통해 그녀는 새로운 사랑을 시작할 수 있는 힘을 얻게 되었다.

인류의 구원을 위해 자신을 희생한 크리스마스의 종소리가 울리듯 은석은 새로운 사랑을 시작할 준비가 된 여자로부터 또다시 돌을 쌓아올리게 될 힘을 얻게 될 것이다. 가끔 흔들릴 수도 있지만, 결코 무너지지는 않는 마이산의 돌탑처럼.

문서정 _ 부산에서 태어나 경주에서 성장했다. 영남대학교 국어교육학과를 졸업했다. 《전북일보》 신춘문예와 《전북도민일보》 신춘문예에 각각 수필, 2015년 《불교신문》 신춘문예에 소설로 등단했다. 2015년 에스콰이어몽블랑문학상 소설 대상, 2016년 천강문학상 소설 대상을 수상했다. 2018년 아르코문학창작기금을 수혜했다. 첫 눈이 내릴 즈음 첫 소설집이 출간된다. e-mail:esarang77@hanmail.net

레이나의 새

인생의 절반 이상을 경주에서 살았다. 태어난 곳
도 아니고 유년시절을 보낸 곳도 아니었지만 내게
는 고향인 셈이었다. 경주에서 초등학교를 다녔고
청소년기를 보냈다. 잠시 경주를 떠나 있었던 시
기가 있었는데 타 도시에서 대학 생활을 하던 때
였다. 대학 졸업 후, 경주에 있는 고등학교로 첫
발령을 받았다. 다시 경주로 돌아온 셈이었다. 경
주에서 사랑을 했고, 아이들을 얻었고, 아버지와
영영 이별을 했다. 누군가를 증오하고, 누군가를
용서하고, 무엇을 꿈꾸었던 것도 다 경주에서였
다. 무엇보다도 경주에 가면 종일 와불처럼 누워
서 나를 기다리고 있는 어머니가 계신다. 당신이
잠재우던 딸의 품에 안겨 있어도 정작 당신은 나
를 기억하지 못한다. 어린 시절, 어머니 손을 잡고
빙빙 첨성대를 돌 때, 첨성대에 떨어지는 별을 줍
거나 사랑을 하게 되면 더 많은 별이 보일 거라고
얘기하셨던 어머니. 아직도 어머니의 눈 속에는
수많은 별들이 불을 밝히고 있다. 그 불빛이 사무
치게 그리울 때면 나는 경주로 달려간다. 내 아이
의 손을 잡고, 첨성대에 떨어지는 별을 주우러 경
주에 간다. 마음으로는 날마다 경주에 간다.

레이나의 새

레이나의 치골에서 검은 새 한 마리를 발견한 날은 우리가 보리사에 가기로 한 날이었다. 그날은 아침부터 하늘이 낮게 내려와 있었고 늦은 오후부터는 비가 내렸다. 결국 그날 우리는 보리사에 가지 못했다. 대신 인사동 골목에 있는 모텔에 나란히 누웠다. 나는 그녀의 치골 위에 날개를 펴고 앉아 있는 새 문신을 가만히 쓰다듬었다. 그녀는 고단한 죽지를 비벼대듯 내 가슴께로 파고들었다. 더. 더. 조금만 더 만져줘. 새가 더, 높이 날아가게. 그녀의 나른한 목소리를 들으며 그녀를 등 뒤에서부터 부드럽게 껴안았다. 그녀는 한동안 뒤척이다가 서서히 고른 숨을 쉬며 잠이 들었다. 밤새 서로 빈 몸을 녹이는 사이로 창밖 가로수에서 치리릿, 치리릿, 하는 새의 울음소리를 들은 것도 같았다.

누가 레이나에 대해서 묻는다면, 레이나의 새를 제외하고 그녀에 대해 말하라고 한다면, 나는 그녀를 설명할 수가 없다. 어떻게 그녀를 안다고 말할 수 있겠는가. 그날 밤에서 두 달이 지난 지금, 나는 그 새를 찾으러 길을 나선다. 어스름 속으로 달아난, 날개가 찢어진 그 새를 만날 수 있을까.

*

학원 정문에 다다랐을 때는 아침 미팅 시간인 8시 30분이 지나 있었다. 교무실 문을 열자마자 부원장의 불안정하게 높은 목소리가 날아들었다.

"레이나가 사라졌어요. 레이나가 없어졌다고요!"

부원장이 이마에 핏대를 세우며 A4 종이 한 장을 출입문 쪽으로 던졌다. 나는 한 사람이 감쪽같이 사라지는 것과 A4 종이 한 장이 공중으로 날아올라 교무실 출입문 쪽에 서 있던 내 콧잔등을 훅, 할퀴고 지나가는 것과는 어떤 상관성이 있을까를 아주 잠깐 생각했다(그 종이가 레이나가 쓴 사직서라는 것을 안 것은 한참 뒤였다). 그녀가 살던 오피스텔은 비어 있었고 휴대폰도 해지된 상태였다. 그녀가 타고 다니던 진주색 미니 쿠페도 이미 다른 사람의 소유가 되어 있었다. 레이나는 어디에도 없었다. 누구와도 연락이 닿지 않았다. 신기한 것은 그녀에 대해 알아볼 데가 한 군데도 없다는 사실이었다. 누군가 흔적조차 남기지 않고 지상에서 사라지는 데에 만 하루도 걸리지 않는다는 사실이 믿기지 않았다.

"사람 속을 이렇게 옴팡 뒤집어 놓다니! 내일부턴 학원 감사가 시작되는데 누구 아는 사람 없어요?"

남색 투피스를 입은 부원장이 팔짱을 낀 채 격앙된 목소리로 말했다.

레이나 박, 그녀는 이 학원의 간판급 스타 강사였다. 강사만 칠십 명이 넘는 대형 학원에서 신입 강사인 나에게 관심을 가져준 유일한 사람이 영어과 수석 강사인 레이나 박이었다. 목소리가 갈라져 나오는 오후 네댓 시쯤, 그녀는 종종 내 책상 위에 꿀을 탄 따뜻한 우유를 가져다주었다. 그러고는 자기 책상으로 가서 아무 일도 아니라는 듯 컴퓨터 모니터를 보며 일을 했다. 수업이 없는 시간, 교무실에서 문득 그녀의 파티션 쪽으로 고개를 들어보면 그녀는 언제나 꼿꼿이 등을 세운 채 책상 앞에 앉아 있었다. 나는 그녀가 사라진 게 아니라 자신을 찾아 어딘가로 떠났을 거라는 생각이 들었다. 그녀가 교사 휴게실 창가에 서서 오래도록 하늘을 바라보다 내게 불쑥, 이 선생님은 하늘을 날아보고 싶은 적 없어요? 아주 멀리 날아가고 싶은 곳 없어요?, 하는 뜬금없는 질문을 한 적 있었으니까.

서울특별시 교육청 홈페이지 게시판에 모 학원 강사의 허위 학력에 대한 신고가 접수된 게 이 사건의 시작이었다. 교육청에서 사실 규명에 나서기도 전에 아직도 허위 학력 강사가 있느냐며 인터넷 각종 사이트에서 여론이 먼저 들끓었다. 그 뒤, 연이어 교육청 홈페이지에 강남, 노량진, 목동 학원가 강사의 허위 학력 신고가 잇따랐다. 그 강사들 중에 레이나도 있었다. 전국학부모교육시민연대와 참교육학부모단체에서는 허위 학력의 강사를 교육 현장에 설 수 없도록 조치해달라는 성명을 발표했다. 경찰은 서울시 전역에 학력을 위조한 강사가 없는지 수사를 확대하기로 했다. 그럼에도 청와대 국민청원 홈페이지에는 허위 학력의 강사들을 전국적으로 색출해서 처벌해달라는 청원자 수가 몇 만 건 올라왔다. 부원장과 교무과장은 이미 몇 차례 경찰서에서 조사를 받았다. 이곳 학원에서는 레이나 외에도 두 명의 강사가 학력위조 건으로 피의자 신분이 됐다. 그 강사들은 학력이 부풀려져 있었고 레이나는 아예 허위로 조작되어 있었다. 레이나는 뉴욕 대학에서 학사와 석사 학위를 받은 게 아니었다. 경주 외곽에 있는 정보공업고등학교를 졸업하고 이름조차 생경한, 미국에 있는 기술전문학교에서 1년 과정을 수료한 게 다였다. 레이나의 허위 학력은 동료 강사들마저 고개를 내저을 정도로 빅 뉴스였다. 대학 졸업장도 없이 보습학원 보조 강사로 학원가에 들어온 그녀가 어떻게 해서 10

년 만에 지상파 방송사에서 영어 강사 섭외를 할 정도로 스타
강사가 되었는가에 대한 이야기들이 분분했다. 세련되고 지성
적인 외모에다 원어민보다 더 정확한 발음과 어법으로 열정적
으로 강의를 해왔기 때문에 학원 경영자들이 그녀의 허위학력
을 묵과했다는 얘기도 있었다. 학원을 옮길 때마다 학원장이나
이사장들과 내연의 관계를 맺었다는 설도 만만찮았다. 과학 담
당 강 선생은 대놓고 그녀를 비난했다.

"원래 뒤가 구린 사람이 매사 더 열심인 거라고. 수강생 몇
명한테 수강료를 지원하는 거 보고 위선적 행동이 아닐까 생각
했지. 또 미혼모 재단, 청소년 쉼터에 기부도 하는 천사라고 부
원장이 맨날 칭찬했잖아."

강 선생은 학습 자료를 워드로 작성하는 간간이 레이나에 대
한 기사를 내게 카톡으로 보내왔다. 기사 말미에는 자신의 의
견을 보내왔다. '레이나가 한 모든 일들, 선행이라고 일컬어지
는 모든 일은 추악한 위선입니다. 레이나 박은 학력위조라는
법망에 걸리지 않기 위해 잠시 몸을 숨긴 겁니다. 아마 곧 다시
어떤 방식으로든 화려하게 컴백할 테죠.' 나는 그녀에 대한 모
든 이야기가 듣기 거북했다.

레이나의 허위 학력에 놀라지 않는 사람은 부원장뿐이었다.
오랫동안 그녀와 함께 일해 온 부원장은 진작부터 알고 있었는

지도 모를 일이었다. 부원장은 회식 자리가 3차까지 이어질 때면 레이나 선생 혼자서 우리 학원 수입의 삼분의 일을 벌어요. 우리 학원에선 참, 귀한 사람입니다, 하면서 술잔을 높이 들어 우리 학원을 위하여! 레이나를 위하여! 선생님들을 위하여, 를 연이어 외쳤다. 이어 그녀의 어깨를 가만가만 두드리거나 그녀에게 따뜻한 눈빛을 보냈다. 사직서를 부원장에게 메일로 보낸 뒤 사라져 버린 그녀와 그녀의 허위 학력 소식, 나는 이 두 가지 소식에 당황스러웠지만 예견된 일인지도 모르겠다는 생각이 들었다. 그녀를 바라볼 때마다 그녀의 눈빛이 아슬아슬한 경계지점에서 이를 악물고 서 있는 것처럼 불안해 보였으니까.

레이나가 사표를 쓰고 사라진 지 한 달여 만에 학원은 평정을 찾았다. 학원은 가까스로 영업 정지를 면했다. 석사 출신으로 자율형 사립 고등학교 영어 교사였다는 사람이 영어과 수석 강사로 채용되었고, 학력을 부풀린 강사는 새 강사들로 교체됐다. 수강생들의 수군거림도 언제 그랬냐는 듯이 잦아들었다. 그런데 나는 시간이 지날수록 마음이 허전했다.

"이 선생, 혹시…… 레이나 소식 알고 있죠? 레이나 고향집 주소도 알고 있지요?"

부원장이 목소리를 낮추어 물었다. 기척도 없이 언제 왔는지 파티션 너머 부원장이 서 있었다. 점심시간이라 교무실엔 부원장과 나밖에 없었다. 막 커피 잔을 들어 한 모금 마시려던 참이었지만 이내 내려놓았다. 무거운 표정의 부원장 얼굴을 보자 가슴이 답답했다. 부원장도 그녀의 행방을 아직 모르는 듯했다. 나는 모른다고 대답했다.

"레이나가 사직서를 제출할 거라는 것을 미리 알고 있었죠? 그나저나 이 선생도 레이나가 학력 위조 건으로 심리적 압박을 견디다 못해 사라졌다고 믿어요?"

나는 잠시 침묵을 지키다 고개를 저었다. 그녀가 사직서를 제출한 일에 대해서 부원장 이상으로 알고 있는 것이 없었기 때문이었다. 부원장은 후, 하고 길게 숨을 내쉬더니 나를 빤히 쳐다보았다. 두 번째 질문에 어서 답을 하라는 의미 같았다. 입을 다물고 싶었지만 부원장에게 답을 해야만 이 지리멸렬한 질문 공세를 피할 수 있을 것 같았다. 나는 고개를 더 세게 가로 저으며 사무적인 어투로 레이나가 사라진 이유를 모르겠다고 대답했다.

"사내 커플인걸로 알고 있었는데 아니었어요?"

부원장의 목소리는 어느새 한껏 높아져 있었다. 마치 나를 범죄 사건의 용의자 심문하듯이 다그쳤다. 나는 자리에서 벌떡 일어서며 큰 소리로 말했다.

"저는 레이나에 대해서 아는 게 없습니다. 커플이었다고요?

교무실에서 종종 이야기를 나누고 같이 차를 마시면 다 연인 사이인가요?"

부원장은 어이가 없다는 표정을 지었다. 그녀는 참내, 를 연발하며 구둣발 소리를 날카롭게 내며 부원장실로 사라졌다. 부원장에게 큰 소리로 대답을 한 것은 그녀의 행방을 알고 있는 사람이 한 사람도 없다는 데에 대한 내 마음 한켠의 짜증이었다. 미지근해진 커피를 신경질적으로 단숨에 들이켰다. 이젠 정말로 내가 레이나를 알고나 있었는지도 확신할 수 없었다. 내가 기억하는 한 그녀는 일요일에도 학원에 나와 학생들에게 무료 강의를 하는 열정이 넘치는 강사였고, 지상파 방송사로부터 강의 요청을 여러 번 받은 실력 있는 강사였다. 부원장조차도 신입 강사들에게 강사로 성공하고 싶으면 레이나 선생을 본받으라는 말을 수시로 했다. 내가 알고 있는 그녀는 앞머리를 뱅 스타일로 머쉬룸 커트를 한, 바지가 날씬하게 잘 어울리는 세련된 여자였다. 항상 깔끔한 검정 슈트 차림이었던 그녀는 일반적인 미의 기준으로 말하자면 미인은 아니었다. 쌍꺼풀이 없는 길쭉한 눈, 작은 얼굴에 맞는 적당한 높이의 뾰족한 코, 큰 입이 미인 형과는 거리가 멀었지만 눈빛에는 생기가 돌았다. 평균보다는 조금 더 큰 키, 볼륨감 있는 체형에 얼굴이 작은 편이라 멀리서 보면 모델처럼 보였다. 나이는 서른 대여섯

으로 보이기도 하고 스물예닐곱으로 보이기도 했다. 그녀를 1년 전 학원에서 처음 봤을 때부터 어딘가 낯이 익었다. 섬뜩함이 온몸을 휘감는 걸 느꼈지만 그땐 정체 모를 그 감정이 그녀를 더 매력적으로 보이게 했다.

　교무실 출입문 가까이에 있는 내 책상에서 열다섯 걸음쯤만 더 가면 레이나의 책상이 나왔다. 그녀와 대화할 기회는 거의 없었다. 논술 담당인 나와는 과목이 다르기도 했지만, 그녀는 동료 강사 누구와도 업무 외의 사적이고 일상적인 말은 나누지 않았다. 유독 나에게만은 복도나 교무실에서 마주칠 때면 종종 미소를 지어 보였다. 평소 차가울 정도로 말수가 적고 냉소적인 표정의 그녀를 생각하면 꽤 의아한 일이었다. 탕비실에 가려면 그녀의 책상을 지나야했기 때문에 그녀의 파티션 안쪽 칸막이에 붙어 있는 수업 시간표나 새 그림 등이 자연스럽게 눈에 들어 왔다. 특이하게도 그녀는 조류에 관심이 많은 듯 보였다. 여러 종류의 새 사진을 오려서 책상 위와 컴퓨터 모니터 옆에 붙여 놓았다. 표준형 칸막이보다 좀 낮은 그녀의 파티션 안쪽에 어느 날엔가는 절 정경 사진이 붙어 있었다. 보리사 정경 사진이었다. 순간, 머리가 옥죄이며 심장 뛰는 소리가 빨라지는 것을 느꼈다. 누군가에게 절은 한없이 마음이 평온해지는 공간일 수도 있겠지만 최소한 내게는 아니었다. 그곳에 가지

않았더라면 내 삶이 지금과는 달라졌을 거라고 생각하고 있었
으니까. 사실을 얘기하자면 나는 레이나를 3년 전에 만난 적이
있다. 그 사실을 그녀도 기억하고 있는지, 그녀도 분명 알고 있
지만 모른 체하는 사실인지는 알 수 없었다.

*

"보리사에 한 번 가 볼래요? 이번 토요일 어때요?"

쉬는 시간, 교사 휴게실에서 커피를 마시고 있는 내게 레이
나가 가벼운 공을 툭, 던지듯 말했다. 나는 가슴이 철렁 내려앉
았다. 그녀가 막무가내로 던진 제의에 손에 든 종이컵이 미세
하게 흔들렸다.

"아, 경주 탑골에 있는 보리사 말인가요? 가파른 골목 양쪽
으로 기와집들이 비스듬히 서 있는 길을 따라 올라가야 나오는
절 말이죠?

나는 어느 절을 말하는가 싶어 재차 물었다. '보리사' 라는
이름을 가진 절이 전국에 몇 개나 된다고 알고 있었으니까. 그
녀는 고개를 가볍게 끄덕였다. 그러고는 한동안 침묵이 이어졌
다. 창가엔 빗방울이 떨어지고 있었다. 나는 보리사로 올라가
는 가파른 길에, 기와집 담장 바깥으로 붉은 명자나무, 흰 목

련, 그리고 이름을 알 수 없는 꽃들이 나뭇가지를 쑤욱 내밀고 있던 모습이며 탑골 마을 입구에서 부처 바위가 있는 작은 암자로 가는 대숲 옆길을 떠올렸다. 그녀가 말할 차례였는데도 그녀는 긴 눈초리를 내리깔고는 아무 말도 하지 않았다. 무슨 생각에 깊게 잠긴 듯했다. 그 침묵이 몹시 어색해서 뜻밖이라는 듯이 고개를 한쪽으로 갸웃거리며 물었다.

"왜 나와 같이 가고 싶은 건지……."

"왜 이 선생님을 선택했느냐고요?"

그녀는 후후, 작은 소리를 내며 웃었다. 나는 후, 하고 날숨을 쉬며 그녀의 대답을 기다렸다.

"불쑥 보리사 얘기를 해서 당황했나 봐요. 부모님 집이 포항이라고 하지 않았어요? 경주와는 아주 가까운. 주말에 포항 내려갈 거면 같이 가보자고요."

그녀는 특별한 이유가 있는 건 아니라는 듯이 건성으로 답했다.

"절은 한없이 마음이 평온해지는 공간이죠. 종종 절을 찾곤 하는데 문득 예전에 한 번 다녀온 적이 있는 보리사에 가고 싶어졌어요. 보리사 뿐만 아니라 주변 마을 경치까지 무척 아름다운 곳이었어요. 다시 가보고 싶다는 생각을 자주 했어요. 탑골 마을 입구에서 옥룡암 부처 바위로 가는 대숲 옆길도 좋았고요. 탑골 마을에 가면 자꾸 나를 돌아보게 되더라고요."

그녀는 담담하게 대답을 하고서는 고개를 돌려 무심하게 창밖을 바라보았다. 이어 시선을 학원 맞은편에 있는 대형 편의점 쪽으로 돌렸다. 나도 더 이상 말을 하지 않고 시선을 맞은편 편의점 쪽으로 돌렸다. 그녀의 낯선 제안을 어떻게 받아들여야 할지 고개가 갸웃거려졌다. 밤 9시부터 20분간 주어지는 휴식 시간, 학생들이 우산도 쓰지 않은 채 삼삼오오 편의점으로 뛰어 들어가는 것을 바라보며 골똘히 생각했다. 그녀는 3년 전의 나를 알고 있는 것이 분명했다. 내가 보리사와 연관이 있다는 것도 알고 있을 것이다. 머릿속이 복잡했다. 가늘게 내리던 빗줄기는 점점 더 거세졌다. 굵은 빗줄기가 차도에 사선으로 꽂혔다. 텁텁하고 매운 도시 공기와 서늘하고 비릿한 비 냄새가 섞여 학원 건물 안쪽으로 밀려왔다. 순간, 보리사라는 곳이 한없이 마음이 불편해지는 공간이기는 하지만 그래서 오히려 더 가보아야 할 곳이란 생각이 들었다. 그곳에서 마음속의 오랜 짐을 내려놓고 오든, 더 얹어 오든 한 번은 가봐야겠다는 데 생각이 미쳤다. 어차피 혼자 가기는 두려운 곳이었다. 호흡을 가다듬고서 담담한 어조로 그녀를 바라보며 말했다.

"좋아요, 같이 가요. 이번 주말에는 포항에 내려갈 생각이었어요. 내일 몇 시, 어디서 만날까요?"

레이나는 오지 않았다. 학원 근처에서 오전 10시에 그녀를 만나 보리사로 출발하기로 했지만 한참 후에야 약속을 못 지켜 미안하다. 오후부터 비가 온다는데 경주에 갈 수 있겠느냐. 지금 마음이 몹시 복잡해서 갈 수가 없다, 라는 메시지를 보내왔다. 그녀는 뒤이어 이렇게밖에 할 수 없는 제 입장을 이해해 주셨으면 해요, 라는 메시지를 보냈다. 황당했지만 그녀에게 따지고 싶지는 않았다. 화창하지는 않았지만 궂은 날씨도 아니었다. 오후부터 봄비가 촉촉하게 내린다는 일기예보가 있었지만 꽃비 수준일 거라고 했다. 차 창문을 내렸다. 눅진한 바람이 차 안으로 밀려들었다. 벚꽃이 도로 위에 흩날렸다. 벚꽃의 움직임을 멍하니 지켜보았다. 룸미러를 보며 머리카락을 양손으로 쓸어 넘겼다. 거울 속에 서른서너 살 쯤 되어 보이는 친숙하면서도 낯선 남자가 초점 없는 눈빛으로 앉아 있었다. 서휘가 곁에 있었다면 나는 지금 자동차 안에서 레이나의 메시지를 보고서는 멍한 시선으로 앉아 있지 않을 게 분명했다. 서휘와는 캠퍼스 커플이었다. 서휘…… 서휘…… 너는 지금 어디에 있니? 담배 한 개비를 꺼내 피웠다. 몸 안을 한 번 휘감아 돌고선 날숨과 함께 입 밖으로 나온 담배 연기는 차도 쪽으로 날아갔다.

3년 전, 내가 포항에 있는 고등학교에 발령을 받았을 때에

서휘는 내 곁에 없었다. 이미 현실에는 없는 사람이었다. 임용고시에 세 번이나 낙방한 서휘는 아르바이트를 전전했다. 그러던 어느 날, 서휘는 보리사 근처 저수지에서 발견됐다. 실종된 지 딱 3일 만이었다. 서휘가 일한 곳은 대형 화장품 체인점과 24시간 영업을 하는 뼈해장국집이었다. 하루 두 곳에서 아르바이트를 했다. 대형 화장품 체인점은 뷰티, 헬스 잡화점이라 젊은 여성들 사이에서는 모르는 사람이 없었고, 해장국집은 중년 이상이면 누구나 아는 식당이었다. 낮에는 감정 노동을 하고 저녁이후로는 육체노동을 한 셈이었다. 서휘의 룸메이트로부터 그녀에게 카드빚이 많았다는 것, 부모님으로부터 생활비가 오지 않은 지 2년이 넘었다는 것, 이번 임용고시 시험 준비를 포기하며 무척 불안해하고 우울해했었다는 얘기를 들었다. 서로 속 깊은 이야기를 화제로 꺼내는 일은 드물었지만 나는 서휘에 대해 아는 것이 너무 없다는 생각을 했다. 서로에 대해 깊숙이 알고 있어야 연인의 자격이 주어진다면 나는 서휘와 연인 사이가 아니었는지도 몰랐다. 자정쯤 해장국집에서 손님과 심한 말다툼이 있었고, 그 뒤 바로 퇴근한 서휘가 왜 보리사 근처 저수지에서 시신으로 발견됐는지 경찰은 아무것도 밝혀내지 못했다. 서휘의 목적지가 내가 있는 보리사였을 것이라는 사실 외엔 어떤 것도 알아내지 못했다(나는 그때 어머니의 간청으로

보리사 요사채에서 두 번째 임용고시 준비를 하고 있었다). 나는 아무 것
도 알고 싶지 않았다. 해장국집에서 중년 남자와 무슨 일로 다
투었는지, 사고가 나던 날 밤에 왜 나를 만나고 싶어 했는지,
실족사인지 자살인지도. 서휘가 자정쯤 대구에서 택시를 타고
보리사에 내려 자신이 사는 경계에서 뛰어내릴 때(나는 그렇게
추정했다). 그녀 옆에 있어 주지 못했다는 죄책감은 늘 나를 따
라 다녔다. 서휘의 죽음은 내 모든 것을 바꿔 놓았다. 내가 알
고 있는 어떤 죽음도 내 인생에 이토록 강렬한 충격을 주지는
못했다. 그녀에 대한 죄책감 다음에는 이 사회에 대한 분노가
치솟았고 그 다음에는 어떤 일에도 의욕이 없었다. 임용고시에
합격해 교사가 되었지만 가르치는 일에 열의가 없었고 동료 교
사들과도 겉돌았다.

마음이 종잡을 수 없이 복잡한 날엔 보리사를 찾았다. 키 낮
은 산목련들이 지천으로 피어 있는 대웅전 뜰을 지나 오솔길을
따라 산비탈 위 아름다운 연화대좌에 앉아 있는 석불좌상 앞에
섰다. 흘러내리는 듯한 옷자락을 여미고 자비가 넘치는 얼굴로
앉아 있는 석불 앞에 서서 서휘의 영혼을 위해 조용히 합장했
다. 그때 오랜 풍상으로 마멸이 심해진 석불좌상을 아주 오랫
동안 바라보고 있던 이가 레이나였다. 산비탈을 내려올 때에는
경내가 어둑했다. 비라도 한 차례 내릴 태세였다. 이어 하늘이

번쩍, 했고 먹장구름이 검은 새떼처럼 보리사 전경으로 우루루 몰려들기 시작했다. 보리사를 내려오는데 투, 툭, 투둑, 빗방울이 떨어졌다. 레이나가 배낭에서 삼단 접이 작은 우산을 꺼내 폈다. "같이 써요." 하며 우산을 내 머리 위로 받쳤다. 됐습니다, 하고 사양할 틈도 없었다. 겸연쩍었지만 그녀와 우산을 같이 쓴 채 어둑해서 빙하의 골짜기처럼 미끄러운 내리막길을 조심스레 내려왔다. 나무 그루터기에 앉아 있던 새들이 비 듣는 소리에 우, 우, 우, 우 공중의 산맥들로 날아올랐다. 나는 저 새들이, 마멸되지 않고 오히려 매일매일 자라나는 내 고통을 물고 날아갔으면 좋겠다는 생각을 했다. 레이나의 어깨가 젖을세라 그녀 쪽으로 우산을 기울였다. 흰 셔츠를 입은 그녀의 동그란 어깨와 어깻죽지가 바르르 떨렸다. 이내 폭우가 쏟아졌다. 비를 피해 보리사 아래에 있는 게스트하우스로 들어갔다. 나는 게스트하우스 내 식당에서 저녁을 먹자마자 자리에서 일어났다. 오늘 하루가 무척 길게 느껴졌고 피로가 몰려와 쉬고 싶었다. 2층으로 올라가 방문을 열려던 참이었다. 계단 아래에서 잠깐만요, 하는 여자 목소리가 들렸다. 고개를 돌려보니 계단 아래에 레이나가 서 있었다. 바빠요? 그냥 쉴 거예요? 내가 뜨악한 표정을 짓자 그녀가 목소리 톤을 조금 높여 말했다. 숙박 손님들 모두 식사 마치고 별채로 술 마시러 갔어요. 우리도 비

그칠 때까지 술 마시는 건 어때요? 당돌하게 구는 그녀가 싫지
않았다. 나는 잠시 망설이다가 서휘 생각에 우울한 밤을 보낼
게 틀림없었으므로 알았어요, 하며 1층으로 내려갔다. 잦아지
지 않는 빗발을 유리창 너머로 바라보며 늦은 밤까지 그녀와
술을 마셨다. 그녀는 울다가 오바이트하다가 웃다가 하며 이따
금 자신의 얘기를 했다. 나는 서휘에 대해 이야기했다. 모르는
사이였지만 그 밤의 일은 흐르는 물처럼 아주 자연스러웠다.

"가짜 인생을 살고 있다는 생각이 수시로 들곤 해요. 사람을
만나는 일, 살아가는 일, 모두 필요에 의해 가짜로 했으니까요.
그런 생각이 들면 종종 보리사를 찾아요."

새벽녘, 그녀가 소파 깊숙이 몸을 묻으며 눈을 가느스름하게
뜬 채 말했다.

"보리사엔 무슨 일로 왔어요? 그쪽은 어디 살아요?"

내가 대답할 말을 찾느라 생각을 하고 있는데 그녀가 먼저
자신의 얘기를 했다.

"나는 어렸을 때 여기 살았어요. 면 단위 시골 동네였어요.
동네 뒤쪽에 넓은 들판이 있었어요. 검은 새들이 수시로 그 들
판 위에 떼를 지어 까맣게 앉았다가 날아가곤 했는데 정말 장
관이었어요. 검은 새들이 무서웠지만 누군가에게 공포감을 줄
수 있다는 게 좋았어요. 어디든 갈 수 있다는 것도 자유로워보

여서 좋았고요."

내가 뭔가를 말하려고 물 컵에서 손을 떼는 사이에 그녀가 다시 입을 열었다.

"알바를 해서 첫 월급을 탔을 때가 열일곱 살 때였어요. 그 돈으로 제일 먼저 한 일이 뭔지 알아요? 몸에 새 모양의 문신을 새긴 일이었어요. 새는 죽은 이의 영혼을 옮기는 역할을 한다고도 하잖아요. 어릴 때 돌아가신 부모님의 영혼이 내게 내려앉았으면 하는 바람이 컸어요. 부모 없는 어린 계집아이의 팬티 속으론 아무 손이나 들어오거든요. 그 검은 새가 나를 지켜 줄 거라고 생각했어요."

그녀는 몸을 잘게 떨면서 심상한 표정으로 말했다. 이내 테이블에 머리를 박고 조용히 흐느꼈다. 나는 그녀의 내밀한 이야기를 듣는 게 겸연쩍어 빈 술잔을 입술로 가져가 댔다. 어느새 가늘어진 빗줄기는 경전 속 말씀처럼 조용히 게스트하우스 정원에 내리고 있었다.

*

레이나에게서 전화가 온 것은 그날 저녁 무렵이었다. 오전에 그녀와 보리사로 가기로 했던 약속이 일방적으로 깨진 뒤, 바

로 오피스텔로 돌아와 영화만 세 편째 보는 중이었다. 좌식 소
파에 기대 캔 맥주를 마시며 주인공이 잔인하게 살인을 하고,
쫓고 쫓기는 엽기적인 내용의 영화를 감상하는 것도 나쁘지는
않았다. 휴대폰 바탕화면에 그녀의 이름이 떴을 때, 그녀의 전
화를 무시해버릴까 어쩔까 마땅찮아하면서 전화를 받았다. 잠
깐 좀 나올 수 있겠느냐고 그녀가 물었고, 아주 잠시 침묵을 지
키다가 그러죠, 하고 대답했다. 매우 건조한 질의 응답형 대화
였다.

그녀가 정한 장소인 재즈 바에 도착했을 때, 이른 저녁 시간
인데도 그녀는 조금 취해 있었다. 실내는 이미 손님들로 가득
차 있었다. 술 먹기 좋은 날씨 탓인지도 몰랐다. 오후 늦게부터
봄비가 촉촉하게 내렸으니까.

"토요일 저녁에 이런 전화를 해서 미안해요. 친구가 필요했
거든요. 이 선생님이라면 나와 줄 것 같았어요. 그것도 유일하
게요."

나는 대답 대신 후, 하고 짧게 숨을 쉬었다.

"무슨 술 좋아해요? 좋아하는 걸로 시켜요."

내가 아무런 대답을 하지 않자 그녀는 웨이터에게 손짓해서
보관해둔 술을 가져다 달라고 했다. 양주가 나오고 안주가 나
오는 동안 나는 불편한 표정으로 앉아 있었다.

"아, 미안 미안해요. 오늘 밤, 시간 내준 거 어떻게든 보상할 게요."

그녀는 자기 얘기에만 몰입하고 있었다. 보리사에 가기로 한 얘기는 한 마디도 꺼내지 않았다. 무엇보다 보상해준다는 그녀의 말이 불쾌했다. 거칠게 술잔을 들었지만 한 모금만 마시고 이내 잔을 내려놓았다. 마시고 싶지 않았다. 무엇보다도 그녀에게 이리저리 끌려 다니는 것 같아 자존심이 상했다.

"그럼, 나 혼자라도 마실게요. 그냥 옆에만 있어도 돼요."

그녀는 연인에게 투정하는 투로 말했다. 술병이 거의 바닥날 때까지 그녀는 혼자 마셨다. 나는 알코올 성분이 없는 맥주를 주문했다. 그녀는 눈을 감고 재즈 선율에 몸을 맡기기도 하고 드문드문 학원 이야기도 했다. 그러다가 이 상황과는 어울리지 않는 질문을 훅, 던졌다.

"이 선생님이 했던 가장 나쁜 거짓말은 뭐였어요?"

"네?"

"거짓말요. 한 번이라도 거짓말 해 본 적 있을 것 아니에요."

"딱히 거짓말을 한 적은 없는 것 같은데……."

그녀는 진지한 표정으로 내 대답을 기다렸다.

"한 사람을 사귀고, 사랑한다고 말하고, 결혼까지 생각했으면서 진짜로 그 사람을 이해하려고 하지 않은 거요. 사랑한다는 말은 거짓말이었던 것 같아요."

나는 서휘를 떠올리며 눈을 감았다. 서휘를 사랑한다고 말했지만 그녀를 제대로 이해하지도, 지켜주지도 못했다. 그녀가 푸후훗, 소리 내어 웃었다.

"그건 거짓말 축에도 못 들어요. 오직 살기 위해서 거짓말을 해야 할 때도 있어요. 쓰러지지 않으려고, 차가운 담벼락으로 내팽개치지 않으려고 거짓말을 할 때도 있잖아요. 딱 한 번이다, 하면서요."

"글쎄요. 살기 위해서 누구나 다 거짓말을 하진 않죠. 위선적인 삶 대신 죽음을 택하는 사람도 있어요."

나는 굳이 그녀의 기분을 맞춰주고 싶지는 않았다. 보리사에 같이 가자는 그녀의 일방적 제안이며 황당하게 약속을 깨트린 일, 이런 뜬금없는 질문 등이 못마땅했다. 그녀의 못된 장난에 걸려든 것은 아닐까라는 생각도 들었다. 그런데도 나는 이 자리를 박차고 나가지 못했다. 무슨 연유인지 점점 그녀에게 빠져들고 있었다. 이런 모순적 감정을 나 자신도 설명할 수 없었다. 그녀는 내 대답이 조금 불편했던지 싸늘한 어조로 말했다.

"아, 이런 구질구질한 대화는 그만 하는 게 낫겠어요."

노란 조명 아래 싱글몰트 위스키를 홀짝이는 그녀의 실루엣이 쓸쓸해 보였다. 그녀의 둥근 어깨, 술잔을 잡는 손, 의미 없이 내뱉는 웃음소리가 불안해 보였다. 10시 경 바를 나왔을 때 레이나는 상당히 취한 상태였다. 어깨를 잡지 않으면 안 될 정도로 비틀거렸다. 비는 여전히 내리고 있었다.

"차는 어디에 주차했어요?"

그녀는 눈을 가늘게 뜬 채 오른손 검지를 들어 좌우로 흔들었다.

"집은 어디에요?"

그녀는 오른손 검지와 머리를 가로저었다. 난감했다. 어떻게 해야 할지를 생각했다. 어디로 가야 하나……. 그녀의 허리를 잡고 눈부시게 휘황한 도시의 번화가를 무작정 걸었다. 모텔이 있는 곳을 찾아 골목의 모퉁이를 돌 때였다. 그녀의 입술이 내 입술에 닿았다. 깜짝 놀라 그녀를 보자 그녀가 키득키득 웃었다. 해독이 필요한 그녀의 웃음이 의아했지만 그녀의 맑은 웃음소리에 마음이 풀어졌다. 불빛이 성글어지는 지점이나 인적이 드문 모퉁이를 돌 때마다 그녀는 내게 입을 맞췄다. 그러고는 가느스름하게 눈을 뜬 채 입술 양 끝에 엄지와 검지를 집어넣어 소리를 만들었다. 휘익, 휘익, 하는 묘한 소리가 났다. 당황했지만 술 취한 사람의 주정쯤으로 받아들였다. 휘익, 휘익, 휘이익. 그녀는 계속 소리를 냈다.

"자, 잘 보세요. 양 입술 끝에 손가락을 집어넣어요. 그러면 입술과 입술 사이로 틈이 생기죠. 나는 이 틈을 '하늘길'이라고 불러요. 몸 속 깊은 곳에 있는 소리들을 모아 하늘길을 통해 바깥으로 내보내요. 그러면 소리가 나올 때 입술 틈 사이로 새가 튀어 나와 하늘 높이 날아가거든요. 이건 내 안의 두려움을 꺼내주는 주술인 셈이에요."

휘이, 휘이 휘리릭. 그녀가 하늘길을 열어 새를 허공으로 날려 보냈다.

"자, 또 보세요. 이번엔 두 입술을 오므려서 내밀어 보세요. 아까보다는 좁은 하늘길이 생길 거예요. 그 틈으로 소리를 내보세요. 아까보다는 좀 작고 부드러운 소리가 나죠. 나는 이 소리를 '하늘길 언어'라고 불러요. 부모님의 영혼을 부르는 소리에요. 휠릴리, 휠릴리. 이건 어머니, 아버지, 어디 계세요? 저는 여기에 있어요, 하는 의미예요."

그녀의 입술에서 나오는 하늘길 언어는 불안정하고 가늘었지만 왠지 애잔했다. 나는 애써 그녀를 보지 않았다. 코끝이 시큰해져 눈가까지 촉촉해지고 있다는 것을 그녀에게 들키기 싫었다. 나는 입술 속으로 손가락을 집어넣어 소리를 만들었다. 픽, 피익, 하는 어설픈 소리가 났다. 휠릴리, 휠릴리. 그녀가 만드는 하늘길 언어가 어둠 속을 날아다녔다. 빗방울이 조금씩 굵어지자 그녀는 얇은 카키색 트렌치코트 깃을 올렸다. 그러고는 가방에서 선글라스를 꺼내 썼다. 선글라스를 쓴 그녀가 못마땅해서 까칠한 목소리로 말했다.

"지금 뭐 하자는 거예요? 비가 오고 있고 밤이라고요."

"알아, 안다고요. 무슨 영화 좋아해요? 누아르 영화에 나오는 고독한 여자 킬러 같지 않아요?"

그녀는 또 키득키득 웃었다. 그러고는 짐짓 딴 데를 바라보며 하늘길을 열어 새를 꺼냈다. 휘이, 휘이, 휘리릭. 술에 취해 객기가 동한 그녀의 행동이 낯설었지만 순수해 보이기도 했다. 순간, 나는 그녀의 장난기 가득한 얼굴에 완고한 주름들이 늘어 가는 것을 오래도록 바라봐도 좋겠다는 생각을 했다. 내 입술을 그녀의 찬 입술에 가만히 포갰다.

모텔에 들어서자마자, 우리는 시린 몸을 서로의 깃털 속에 오랫동안 묻었다. 푸르스름한 박명이 자박자박 다가오고 있었다. 그녀는 고른 숨을 쉬며 잠들었지만 나는 쉬이 잠이 오지 않았다. 레이나와 함께 나란히 누워있는 현실을 어떻게 이해해야 할지 난감했다. 애써 술 탓으로 돌려봤지만(사실 나는 술을 거의 마시지 않았다) 아무리 생각해도 요령부득이었다. 마치 뭔가에 홀린 것 같았다. 몸을 뒤척이는 그녀에게 이불자락을 덮어주다 그녀의 치골 위에 앉아 있는 검은 새를 보았다. 검은 새는 곧 날아갈 듯이 날개를 활짝 펴고 있었다. 손바닥으로 가만히 문

질렀다. 그녀가 천천히 몸을 일으키며 나른하게 말했다.

"그 새는 멀리 날아갔으면 좋겠어요. 나는 날개가 아프도록 날아다녔지만 가고 싶은 곳엔 가지 못했어요. 날개만 찢어졌죠."

그녀의 말이 아주 쓸쓸하게 들려서 나는 작은 빈틈도 없이 그녀를 가슴에 꽉 껴안았다. 창문을 열었다. 도로에서 들려오는 차 소리가 바짝 창가로 무릎을 당겨 왔다. 희부옇게 날이 밝아오고 있었다. 언제 일어났는지 벗은 몸 위에 내 카디건을 걸친 그녀가 조금 놀랍다는 듯이 흥분한 어조로 말했다.

"저기, 저기, 검은 새 좀 봐요. 저 검정 비닐봉지 말이에요."

그녀가 손가락으로 가리키는 쪽을 쳐다봤다. 차도 위로 검정 비닐봉지가 바람에 나부끼더니 어딘가로 감쪽같이 사라졌다.

"어떤 시인은 저걸 비닐 새[1], 라고 말하던데 나는 검은 새라고 말하고 싶어요. 태생이 남루해서 날지도 못하는 가짜 새죠. 저건 날지도 못하면서 마치 새처럼 나뭇가지나 전봇대에 앉아 있거든요."

그녀가 쓸쓸한 목소리로 얘기했지만 나는 아무 대답도 하지 않았다. 그저 그녀가 좀 지쳐 보인다는 생각 밖에는.

"저 반대편으로 날아간 새들은 행복하겠죠? 아마 마른 햇살

---

1) 김영식의 시 「비닐 새」에서 따옴.

에 젖은 날개를 툭툭 펴서 말리고 있겠죠?"

그녀가 몸을 돌려 나를 보며 초조한 눈빛으로 물었다. 마치 내 대답 하나에 중요한 일의 성패가 달렸다는 듯이.

"그건 모르죠. 가보지 않았으니까요. 여기서도 고단한 날개를 쉴 수 있을 텐데요."

나는 건조하게 대답했다. 그녀는 내게 위로의 대답을 기다렸는지 뜨악한 표정을 지었다. 그녀의 상처 하나를 들여다본 듯해서 마음이 무거웠다. 솔직히 말한다면 어쩌다 하룻밤을 보낸 사이일 뿐이야, 하며 애써 그녀와 거리를 두고 싶은 마음이 더 컸다. 어쨌거나 죽은 이의 영혼을 옮기는 새의 몸속에 밤새 내 욕정을 밀어 넣은 꼴이 돼버려서 착잡했다.

레이나가 사라진 지 두 달이 지났다. 이젠 누구도 그녀에 대해서 이야기하지 않았다. 레이나 선생이 지방 어느 학원으로 옮겨 간 건 아니냐고 은근히 물어오던 강사들도, 공휴일마다 무료 강의를 받던 수강생들도 더 이상 그녀에 대해 이야기 하지 않았다. 아무도 그녀의 부재를 아쉬워하지 않았다. 그러나 나는 그녀의 부재가 날이 갈수록 크게 느껴졌다. 사라졌다가 사흘 만에 주검으로 나타난 서휘에 대한 기억 때문인지도 몰랐다. 하루는 속성사진처럼 재빨리 지나가고 하루 일과를 마치고 집으로 돌아오면 몸과 마음은 마른 잎맥처럼 버석거렸다. 볼일이 없는 한 누구에게 말을 붙이거나 전화를 하는 일도 없었다. 좁은 오피스텔에서 침대에 비스듬히 눕거나 좌식 소파에 기대어 다른 세상을 꿈꾸는 게 유일한 취미였다. 이런 끈적끈적한 세계 너머에는 어떤 세계가 기다리고 있을까를 상상했다. 내가 다른 세계에 이끌리는 이유는 분명했다. 서휘의 죽음에 대한 죄책감, 적응하지 못하는 현실에서 벗어나고 싶었으니까. 레이나의 부재에 대한 무게도 있었다.

아침 7시 30분, 지하철 안에서 나는 여기가 아닌 다른 세계를 상상하고 있었다. 사람들로 빽빽하게 들어차 있어 몸의 방향을 바꾸지도 못한 채, 여기서 현실이라 부르는 것들을 부정하고 다른 현실을 꿈꾸었다. 그건 매혹적인 일이었다. 지하철 안은 금세 초원으로 변했다. 지하철 안에 있는 사람들은 말을 타고 어디론가 이동을 하거나, 나무 밑 벤치에서 남녀가 몸을 바짝 밀착시킨 채 서로의 몸을 애무하거나 술을 마시며 춤을 췄다. 그때, 부원장에게서 문자가 왔다.

레이나가 고등학교 졸업할 때까지 살았다는 친척 집 주소입니다. 경주시 ***동 **주택 ***호 레이나 본명은 박은미입니다.

회식 자리에서 눈이 마주칠 때면 흔들리곤 하던 그녀의 눈빛이 떠올랐다. 나는 부원장에게 오늘 수업은 강 선생과 교체해 달라는 문자를 보냈다. 집으로 가는 지하철로 급히 바꿔 탔다.

레이나와 함께 가기로 한 보리사를 지금 혼자 가고 있다. 가속기 페달 위에 얹은 발에 힘을 더 주려다 가까스로 속도를 늦추었다. 속도계는 이미 시속 120킬로미터를 가리키고 있었다. 머리는 복잡하고 마음은 심란했다. 뭐라 형용하기 어려운 레이나에 대한 부채감이 자꾸 나를 보리사로 떠밀고 있었다. 만약 레이나가 경주에 있다면, 보리사에 있을 거라고 확신했기 때문이었다. 혹, 레이나를 만나게 된다면 무슨 말을 할까. 화를 내야 할까, 서울로 올라가자고 해야 할까. 무사한 것만 확인하고 돌아서 가야할까.

경주 톨게이트에서 통행료를 지불하면서 계기판의 시계를 보니 정오가 조금 지나 있었다. 탑골 마을로 들어서니 온 동네가 푸른 숲으로 에워 쌓여 있었다. 마을 뒤편에 임업 시험장이 있어 멀리서 보면 마을 전체가 커다란 숲으로 보였다. 차를 갓길에 세우고 보리사 쪽으로 걸었다. 긴 둑길 아래로 산 주위를 부드럽게 감싸 흐르는 맑은 시내가 나타났다. 옛날에 이곳까지 나룻배가 닿았다는 말이 실감 날 만큼 개울이 끝없이 이어졌다. 길가에서 산비탈로 조금만 들어가니 돌 속에 숨은 불상들

과 소박한 탑들이 모습을 드러냈다. 계곡에 절과 탑이 많았다
고 해서 지어진 마을 이름 탑골. 거리를 지나가는 사람들 서너
명도 거의 불상과 닮아 보였다. 불상과 탑을 발견할 때마다 사
람들은 잠시 합장하고 지나쳤다. 나는 불상과 탑 앞에서 잠시
머뭇거렸다. 무엇을 염원할까. 무엇을……. 비탈길을 좀 더 오
르니 대나무 숲이 나타났다. 대와 댓잎과 바람이 한데 섞여 서
걱대는 소리가 웅장한 협주곡 같았다. 대나무는 비우기 위해
자란다고들 하는데 왜 나는 복잡한 생각을 비우지 못할까? 레
이나는 분명 경주 어딘가에 있을 것이다. 탑골 마을에서 그녀
를 만날 수 있으리라는 기대 같은 것은 하지 않았다. 기막힌 우
연이라는 것도 세 번씩이나 연달아 일어나지는 않을 것이다.
그런데도 자꾸 두리번거렸다. 보리사 경내를 지나 오솔길 중턱
에 있는 석불대상 앞에 합장을 하고 서서 서휘를 오랫동안 생
각했다. 눈가가 바르르 떨렸다.

　보리사에서 내려와 차에 타자마자 내비게이션 검색창에 부
원장이 문자로 보내온 레이나의 옛집 주소를 입력했다. 핸들을
그쪽으로 천천히 돌렸다. 레이나가 살았던 옛집은 경주 도심에
서도 제법 떨어진, 면 소재지에 있는 아주 후락한 동네였다. 아
파트도 빌라도 아닌 **주택이라 이름 붙여진 5층짜리 연립 주
택이었다. 단지도 달랑 두 동뿐이었다. 건물 외벽은 분홍빛과

주황색이 섞인 묘한 담홍색으로 덧칠해져 있었지만 군데군데 페인트가 벗겨져 보기 흉했다. 뒤 베란다에는 집집마다 남루한 빨래들이 거뭇거뭇하게 매달려 있었다. 빌라 뒤쪽엔 예전에 그녀가 말했던 대로 넓은 논밭이 있었다. 검은 새떼가 논밭 위에 빈틈없이 까맣게 앉아 있었다. 한참 뒤, 대열을 이루어 하늘 전체를 덮고 날아갔다. 동네 전체가 검은 구름에 휩싸인 듯 어두웠다.

빌라 3층으로 오르는 계단 벽은 시커먼 자국들과 낙서와 떨어져 나간 시멘트 자국으로 얼룩덜룩했다. 레이나의 이미지와는 상반된 모습이었다. 가동 304호 초인종 벨을 눌렀다. 벨을 네 번째 누르자 문이 열렸다. 일흔은 넘어 보이는 노인이 러닝 차림으로 나왔다. 현관문을 열자마자 담배 냄새가 훅, 끼쳐 왔다. 노인 바로 뒤로 좁은 부엌이 보였다. 싱크대 위와 바닥에 주방 조리 기구들이 빽빽하게 들어차 있었다. 벽지는 누렇게 절어 있었다. 내가 사는 13평 오피스텔보다도 비좁아 보였다.

"실례합니다. 박은미 씨를 찾아 왔어요. 혹시 지금 집에 있습니까?"

노인은 경계하는 눈빛으로 나를 훑어보다가 거칠게 물었다.

"어디서 왔어요?"

"박은미 씨와 같은 직장에 다니고 있습니다. 최근에 여기 들렀나 싶어서요."

"요즘 은미를 찾는 사람이 왜 이리 많지? 경찰도 찾더라고. 은미 개가 뭐 나쁜 일 저질렀어요? 개 어릴 때부터 행실이 아주 헤폈어."

노인의 말에 분노가 치밀었다. 하마터면 노인의 면상을 주먹으로 날릴 뻔했다. 어린 여자애의 팬티 속으로 거친 손들이 마구 드나들었던 집이니 노인도 예외가 아닐 것이다. 나는 얼른 돌아 나왔다. 그녀의 성장기를 마주한 일, 그녀의 민낯을 알아가는 일이 힘에 부쳤다.

잠시 숨 한번 고르고 서울로 출발해야겠다는 생각에 레이나의 옛집 부근에 있는 근린공원 옆에 차를 댔다. 차창으로 보이는 사물들이 특수한 필터를 쓴 것처럼 색다르게 보였다. 근린공원 안 운동 기구, 행인들, 수타 손짜장, 서울 추어탕, 이라는 상호가 희부옇고 노랗게 보였다. 노곤했다. 창문을 내렸다. 바람이 제법 부는지 가로수들이 이리저리 몸을 흔들었다. 텀블러 뚜껑을 열어 식은 아메리카노를 마셨다. 쓴 맛 밖에 나지 않았다. 그때 어디선가 선생님, 선생님, 하는 높은 톤의 아이들 음성이 들렸다. 같은 교복을 입은 여학생들이 레이나의 옛 집이 있던 빌라를 향해 앞서 걸어가고 있는 젊은 여자를 부르며 빠른 걸음으로 걷고 있었다. 젊은 여자의 모습이 언뜻 레이나와 비슷했다. 레이나와 체형뿐만 아니라 헤어스타일도 비슷했다. 나는 흠칫 놀라며 차 문을 닫고 여자가 걸어가고 있는 방향으로 뛰었다. 여자는 빌라 정문을 지나 가동 쪽으로 걸어가고 있었다. 어쩌면 레이나일지도 몰랐다. 나는 뛰어가 여자의 팔을 잡으며 레이나, 하고 불렀다. 여자가 고개를 내 쪽으로 돌렸다. …… 레이나가 아니었다. 여자에게 죄송하다는 말을 하고는 급히 차가 있는 곳으로 발걸음을 돌렸다. 비슷하게 닮은 사람이 어디 한둘일까. 무언지 모를 감정이 몸 안을 한 바퀴 휘감고 빠져나가는 듯했다. 레이나는 딱딱한 껍질 속에 굽이굽이 돌아 숨어 있는 우렁쉥이 같은 사람이었다. 극도로 집중하고 긴장한 탓인지 갑자기 몸이 뒤로 쏠렸다. 넘어지지 않으려고 잠시 주저앉았다. 이 오래된 도시에서 누군가를 약속도 없이 마주칠 거라는 상상을 하다니……. 어쩌면 이 오래된 도시는 천 년 동안 누군가에 대한 기다림과 염원의 탑으로 이루어진 도시인지도 모르겠다. 낮은 소리로 혼잣말을 뱉었다.

푸르스름한 어둠이 내려앉고 있었다. 시내 중심가로 차를 몰았다. 여느 도시와 마찬가지로 도심의 거리는 부산했다. ATM 기계가 있는 곳 근처 골목에 잠시 차를 댔다. 근처 식당에서 저녁이라도 먹고 서울로 출발하려면 현금을 좀 찾아둬야 했다. 이른 여름의 깊은 밤이었는데도 이른 겨울의 늦은 오후 같은

스산함이 배여 있었다. 기분 탓이었는지도 몰랐다. 차들은 물
결처럼 끝없이 흐르고, 사람들은 밀려오고 밀려갔다. 잰걸음으
로 밀려오는 사람들이 모두 레이나로 보였다. 다리가 후들후들
떨렸다. 이른 여름인데도 한기가 느껴졌다. 휘휘 휘이익. 휘이
휘휘 휘이릭. 어디선가 하늘길에서 나는 소리가 자욱이 밀려왔
다. 나는 걸음을 멈추고 주위를 둘러봤다. 소리는 더 이상 들리
지 않았다. 앞서 걸어가던 중년 여자의 손에서 검정 비닐봉지
가 툭, 소리를 내며 떨어졌다. 봉지에 들어있던 사과가 쏟아져
인도 위로 굴렀다. 여자는 허리를 굽혀 떨어진 사과를 주었다.
행인들이 발걸음을 멈추고 사과를 주워 여자에게 건넸다. 사과
가 내 쪽으로도 굴러왔다. 나는 사과를 집는 대신 검정 비닐을
주우려고 손을 위로 뻗쳤다. 검정 비닐은 새처럼 날아올라 어
느 가게 입간판 위에 앉았다. 바람이 불자 새는 또 한 번 날아
올라 도로 위에서 신호를 기다리고 있던 은색 세단 뒤 유리창
에 가뿐하게 착지했다. 검은 새는 자동차 뒤 유리창 와이퍼에
끼여 바람이 부는 대로 심하게 파닥거렸다. 마치 설움에 겨워
울던 레이나의 가냘픈 어깨처럼. 이어 자동차가 달리자 금세
보이지 않았다. 나는 어디로 가야 할지 방향 감각을 잃어버린
채 검은 새가 날아간 곳을 멍하니 쳐다봤다. 나는 눈을 가만히
감고 두 입술을 오므려 앞으로 내밀었다. 목청이 아니라 마음

으로 하늘길 언어를 만들었다. 입술 사이로 슬픈 리듬이 흘러 나왔다. 휠릴리, 휠릴리, 휠리리. 하늘길 언어는 바람을 타고 멀리 흩어졌다.

그때였다. 어느 모퉁이에서 날아왔는지 검은빛을 띤 새 한 마리가 퍼드덕, 세찬 날개 짓을 하며 나를 비껴지나 허공 높이 날아올랐다. 새는 허공의 길 한 축을 따라 저 너머로 사라졌다.

레이나를 부탁해!

누군가 레이나에 대해서 묻는다면, 두 가지로 답하겠다. 검은 새 문신과 거짓말.

치골에 새겨진 검은 새를 숨기고 거짓말로 날아오르고 싶었던 여자.

이 소설은 경주 보리사와 강남의 학원을 배경으로 '내' 가 레이나를 찾는 이야기이다.

추리소설의 특징인 심리적 긴장과 미스터리함이 이 소설을 끝까지 끌고 가는 힘이다. 문서정 작가의 작품 속 여성들은 한없이 가볍고 매력적이고 아름답고 미스터리하다. 이 소설 속 레이나처럼 뭔가 비밀을 숨기고 있다. 그 신비로운 매력은 현실이라는 정교함 앞에서 언제나 장애를 만난다. 그녀들이 그것을 넘어가는 방식은 '거짓말' 처럼 타협할 수 없고, 불가해한 방법이다. 어쩌면 이런 여성 캐릭터들이 문서정 작가 안에 숨 쉬고 있는, 작가적인 열정과 정제될 수 없는 에너지가 아닐까 한다.

앞으로 여성작가들이 표현해야 하는 '발랄한 여성성'이다.

레이나의 아픈 과거는 독자가 그녀를 이해할 수 있는 지점을 알려준다.

'나'는 레이나의 가벼움을 훔쳐본 유일한 사람이다. 그러나 '나'는 레이나의 애인도 친구도 아니었다며 타인 앞에서 부정한다. '내'가 레이나를 평가하는 태도도 세인들과 다르지 않다. 그러니 '나'는 끝내 레이나를 찾을 수 없었을 것이다.

찢어진 날개로 그녀가 날아가 안착할 수 있는 현실이 있기를 바라본다.

문서정 작가의 작품 속 그녀들이, 다음 작품에서도 세상 끝까지 달려가길. 그 끝에서 독자에게 이해받고 사랑받길. 이 작가를 오랜 시간 지켜본 나로서는 독자에게 레이나와 함께 문서정 작가를 부탁해본다.

박지음 _ 전남 진도에서 태어났다. 열아홉 살까지 작가를 꿈꾸며 진도에서 살았다. 서울예술대학 문예창작과를 졸업하고, 중앙대 대학원 문예창작학과 석사과정에 재학 중이다. 2014년 《영남일보》로 등단 후, 2017년 토마토문학상을, 2018년 아르코문학창작기금을 수혜했다. e-mail:es7831@daum.net

영등

ㅂ ㅏ ㄱ ㅈ ㅣ ㅇ ㅡ ㅁ

진도는 딛는 자리마다 전설과 이야기가 있는 섬이
다. 내가 소설가가 된 바탕이다.

친구가 스무 살에 세상을 떠났다. 사고였다. 그 친
구의 아버지가 우는 모습을 보았다. 친구의 어머니
는 슬픔에 정신을 놓을 것처럼 아파 보였다.

다시 스무 해가 지난 지금 생각해보면 그분들의 나
이가 현재 나와 비슷하다. 삶에서 커다란 덩어리를
잃어버린 그분들의 모습을 지켜보면서, 내가 글을
쓴다면 그 친구의 이야기를 남기고 싶다는 생각을
했다. 자식을 잃는다는 것. 그것은 5년 전 팽목항에
서 자식을 기다리던 부모들의 마음과 다르지 않을
거라는 생각이 든다.

그 친구가 떠나고 스무 해가 지난 지금, 그 친구가
바이크를 타고 달리며 보았을 풍경을 떠올려 봤다.
그 친구가 살아내지 못한 시간을, 가지 못했던 길
을, 갖지 못한 가족을, 사랑했을 사람까지 상상해
보았다.

그 친구의 부모님이 자식을 잃고 애도하던 시간을,
그 아픔을 기억한다. 내 글이 무덤도 없는 그 친구
에게 작은 흔적으로 남길 바란다. 내 글은 작가로서
가 아니라 친구로서, 그에게 보내는 편지이다.

영등

길이 열린다!

소년이 바다를 가리키며 외쳤다. 리아는 그 순간 자신을 향해 빛이 터지며 일시에 길이 만들어지는 환상을 봤다. 미러클. 세상의 모든 길은 바다 앞에서 사라졌다. 그러나 이 섬에서는 바다가 열리면서 길이 생겼다.

길은 소리와 함께 열렸다. 모여 있던 사람들이 일제히 길 끝으로 고개를 돌렸다. 반대편 길 끝에서 해풍에 실려 오는 꽹과리 소리가 들렸다. 징과 꽹과리와 장구를 둘러멘 풍물패가 그 섬에서 걸어왔다. 고깔을 쓰고 무명 한복을 입은 사람들이었다. 기수가 든 깃발이 맨 앞에서 오색으로 펄럭였다. 꽹과리와 장구의 울림이 바다를 뒤흔들었다. 리아는 2백 명의 축제 인파와 바다를 둘러봤다. 휴대폰 카메라가 일시에 찰칵찰칵 울렸다. 챙이 넓은 모자를 눌러쓴 인파가 너나 할 것 없이 장화 신은 발을 길에 내디뎠다. 인파는 갯벌이 드러났을 때 바글거리던 꽃게 떼처럼 움직였다. 그들은 길이 연결된 섬을 향해 걸었다. 바로 앞에 가까운 무인도가 있었다. 그러나 길은 무지개처럼 둥그렇게 휘어져, 의신면 모도와 연결되었다.

고군면 회동리에서 시작된 바닷길은 의신면 모도까지 2.8km라고 했다. 휘어진 길은 거리가 제법 멀었다. 갯벌 바닥에는 잔돌과 바위가 보였고, 물이 고여 있거나 젖어 있었다. 따개비나 굴이 붙은 돌이 길에 있었다. 길은 회동 바닷가와 모도 바닷가에서 연결된 다음 서서히 넓어졌다. 폭죽 터지는 소리가 났다. 방송이 들렸다.

— 길이 열리는 시간은 한 시간가량입니다. 서두르지 않으면 모도까지 갔다가 돌아오지 못합니다. 혹시 모도에 갔다가 길이 닫히면 그곳에서 기다렸다가 배를 타고 오세요.

맨 앞에서 서둘러 출발한 일행이 길 중간에서 풍물패와 만났다. 인간 띠가 연결되자 바다 중간에 사람들이 서 있는 것처럼 보였다. 갈라진 길옆에는 바닷물이 있었다. 파도가 길과 반대 방향으로 밀려 나갔다. 썰물이었다. 잠시 후 파도는 몸을 뒤집어 길을 덮으러 밀려올 것이다. 그믐의 시간은 들숨날숨처럼 짧았다. 길옆의 바닷물이 깊지 않아서 사람들이 물에 들어가기도 했다. 발을 헛디딘 사람은 4월의 봄 바다에서 해수욕을 했다. 물에는 팔뚝만 한 숭어가 있었다. 물에 들어간 사람이 숭어를 잡아 팔딱이는 생물을 통에 담았다. 사람들은 길에서 주먹

만 한 소라를 주워 들고 길이 열렸을 때보다 더 큰 기적을 본
듯 탄성을 질렀다. 게들은 바위 사이에서 기어 다니고 있었다.
꼬마들은 조개나 전복을 주워 들고 환호했다.

"리아, 걸어 가보자."

이모가 손을 내밀어 말했다. 리아는 바닷길에 발을 딛으려는
순간 서늘한 기분을 느꼈다. 아니, 이 섬에 발을 들인 순간부터
뭔가가 달랐다. 서울의 이모집에서 느꼈던 안온함과 편안함이
사라지고, 사방에서 몸을 잡아당기는 것 같았다. 길가의 나무
나 바위나 바닷가의 돌멩이 하나까지 말을 거는 느낌이었다.
바다에서 나는 생선 비린내와 소금 섞인 공기 때문일 수도 있
었다. 긴장한 리아의 속을 눈치 챈 이모가 눈으로 웃었다. 이모
는 자신의 볼을 손가락으로 가리키고 리아의 볼을 가리켰다.
이모는 보조개라는 영어단어를 생각하는 듯했으나 쉽지 않은
지 다시 렛츠 고를 외치고 고갯짓을 했다. 리아는 고개를 끄덕
이고 이모의 손을 잡고 인파를 따라갔다.

존이 기숙학교 전학에 대해 통보한 것은 9학년이 시작되고 4
개월이 지났을 때였다. 학기가 1월부터 시작된 이 학교는, 리
아가 1학년 때부터 다니던 곳이었다. 추수감사절 연극을 할 때
마다 존과 엄마는 리아를 보러 왔다. 리아가 7학년 즈음부터

존은 학교행사에 오지 않았다. 엄마만 왔다.

　1년 전 엄마가 죽고 나서 존은 주말이면 여자 친구를 만나느라 집을 비웠다. 리아는 혼자서 텔레비전을 봤다. 리아는 엄마가 보고 싶었다. 엄마의 유품은 지하실에 있었다. 리아는 그것들을 뒤지다가 가족사진을 발견했다. 한국인들이었다. 외할머니로 보이는 나이 든 여인과 젊은 엄마, 그리고 두 명의 남자아이와 여자아이가 있었다. 엄마는 사진 속에서 보조개를 만들며 웃고 있었고 행복해 보였다. 리아는 그 사진을 스마트폰으로 찍었다. 엄마의 수첩에는 전화번호가 적혀 있었다. 한국에서 유학 온 친구에게 한국어를 배운 리아는 그들의 이름과 주소를 읽어 보려 했다. 쉽지 않아서 그것도 스마트폰으로 찍어 두었다. 엄마의 한국 가족들에 대해서 하나씩 알아낼 때마다 리아는 보물을 찾은 기분이었다. 한국 친구가 리아에게 물었었다.

　"너는 입양아니?"

　리아는 고개를 저었다. 혼혈도 아니잖아. 친구가 혼잣말을 했다. 뭐? 리아가 영어로 물었다. 친구는 말을 고르는 표정을 지었다. 머릿속에서 영어문장을 만드는 것 같아서 리아는 기다렸다. 친구의 질문은 뜻밖이었다.

　"아빠는 미국인이잖아. 네 엄마는 돌아가셨고. 넌 친아빠가 궁금하지 않니?"

리아는 한 번도 생각해 보지 않은 질문이었다.

"한국인들은 자신의 뿌리에 대해서 중요하게 여기 거든. 넌 한국인의 외모를 가지고도 코리아타운 아이들과 어울리지 않 잖아. 나를 제외하고는 다 미국 친구들이지. 존이 너를 끝까지 길러 줄까?"

리아는 그 친구의 질문이 어려웠다. 그 질문 이후로 리아는 더 이상 그 아이와 친구가 되고 싶지 않았다. 리아는 그 아이를 모른 척했다. 다시 미국 친구들과 어울렸고, 그 질문을 잊으려 고 애썼다. 대신 지하실에 들어가 엄마의 유품을 샅샅이 뒤졌 다.

존이 지하실 문을 열고 들어온 날도 그랬다. 그날 리아는 다 른 사진을 찾았다. 오래전 사진 속에 있던 엄마의 여동생이 자 란 모습이었다. 사진의 배경은 바다가 갈라진 길이었다. 리아 는 엄마가 해줬던 이야기가 떠올랐다. 그 바다에 가면 아빠에 대해 알 수 있을 것 같았다. 사진 뒤에는 엄마의 여동생 이름이 한국어로 적혀 있었다. 존은 리아의 손에 있는 사진과 리아를 번갈아 봤다. 당혹감이 깃든 파란 눈빛이 흔들리더니 이내 답 을 찾은 것처럼 멈추었다. 존은 열었던 상자를 닫듯 지하실 문 을 닫고 나갔다. 리아는 들키지 말아야 할 것을 들킨 범죄자처 럼 서 있다가 자신의 방으로 갔다. 리아는 페이스북을 뒤졌다.

엄마의 여동생 휴대폰 번호로 그녀를 찾아냈고, 친구 신청을 보냈다. 메시지에 편지를 썼다. 찍어 두었던 사진을 같이 보냈다.

"내 애인이 결혼하면 너와 살고 싶지 않다고 했어. 기숙학교를 알아봐 뒀으니 전학을 준비하렴. 6월에 여름방학이 시작되면 이곳에서 지내다가 9월 학기에 기숙학교로 가렴."

며칠 후 존이 말했다. 리아는 엄마와 살던 집에 다른 사람이 들어와 엄마의 흔적을 지우는 걸 원하지 않았다. 엄마가 요리하던 주방과 식기들, 매일 청소기를 돌리고 먼지를 털던 거실, 라디에이터가 고장 날 때마다 담요를 뒤집어쓰고 앉아 있던 소파, 차를 마시다가 한숨짓던 낡은 식탁, 손수 만든 식탁보. 이 모든 것들에는 엄마의 손이 타 있었고, 그 옆에 리아의 손자국이 남아 있었다. 존의 애인이 이 집에 발을 들이는 날부터 리아에게 집은 사라지는 것이었다. 리아는 방학이 되도 돌아올 집이 없는, 고아가 될 거라는 서러움에 명치가 꽉 막혔다. 그날 밤 리아의 페이스북으로 엄마의 여동생이 답장을 보내왔다. 엄마의 여동생을 한국에서는 '이모'라고 부른다고 했다. 리아는 모아놨던 돈을 챙겨 한국행 비행기를 탔다. 이모에게 가서 돌아오지 않을 생각이었다.

리아는 커진 꽹과리 소리에 고개를 들었다. 앞서간 이모가 리아의 모습을 카메라에 담았다. 이모의 옆으로 풍물패가 다가 오고 있었다. 이모가 어서 오라고 손짓했다. 풍물패가 건너왔 으니 시간이 얼마 남지 않은 것이었다. 리아는 끈적끈적하게 밟히는 갯벌에 발자국을 찍으며 걸었다. 여기까지 오는 길이 쉽지 않았다. 영영 다시 오지 못한 사람도 있었다.

허리까지 긴 리아의 머리카락이 바람에 휘날렸다. 리아의 옆 에서 걷는 두 사람의 대화가 들렸다. 나이 든 여인과 '길이 열 린다'고 외쳤던 소년이었다. 소년은 리아보다 몇 살은 많은 사 내였다. 리아의 눈에는 어쩐지 소년으로 보였다. 파도처럼 일 렁이는 눈빛과 가무잡잡한 얼굴이 섬에서만 자란 소년처럼, 더 이상 자라지 않을 소년처럼 느껴졌다. 아까, 이 아이가 영어로 말하는 거 들었어요? 여인이 리아를 넘겨다보았다. 한국 애잖 아. 일본이나 중국 애인가? 소년이 대답했다. 그럼 일본말이나 중국말을 했겠죠. 저기 저 앞에 누나는 한국말이랑 영어 섞어 쓰던데요. 이 아이는 영어로만 말하더라고요. 예쁘네요. 둘은 리아가 옆에 없는 것처럼 말했다. 리아는 두 사람의 발을 봤다. 둘 다 노란 장화를 신고 있지 않았기 때문이다. 여인은 고무신 을 신고 있었는데 개흙이 묻어 종아리까지 검었다. 기이한 건 소년이었다. 슬리퍼를 신고 있었는데 개흙이 하나도 묻지 않은 깨끗한 뒤꿈치였다.

이모가 다가온 리아를 향해 큰 소라를 내밀었다. 영어가 서툰 이모는 잠시 망설이더니 휴대폰을 꺼내 검색했다. 리아는 괜찮다는 뜻으로 눈웃음을 지었다. 이모는 한국어로 말했다.

"이 소라랑 저 숭어 있잖아. 그래, 저 피시. 이거 축제 전에 일부러 뿌려 놓은 거야. 숭어도 양식장에서 대량으로 들여와서 풀어 놓고. 사람들 실컷 잡고 재미있으라고. 평소에 있는지 없는지 모르지만, 있다면 물이 빠졌을 때 이 동네 할머니들이 다 잡아 버렸을 거야. 리아, 내가 이 말을 어떻게 영어로 하겠니?"

이모의 얇은 입술이 새처럼 조잘조잘 움직였다.

"A really big a conch shell."

리아는 '진짜 큰 소라고둥'이라고 말했다. 이모가 고개를 갸우뚱했다. 리아는 소라를 흔들어 보이며 땡큐, 라고 대답했다. 그제야 이모는 안도한 듯 눈웃음을 지었다. 이모와 리아는 모도를 향해 계속 걸었다. 갯내가 나는 끈끈한 바람이 불어와 리아의 얼굴이 축축했다. 앞사람의 장화에서 갯벌의 진흙이 튀어 리아의 옷에 묻었다.

리아는 공항에서 이모를 만났을 때, 한국말은 듣기는 되지만 말하기는 안 된다고 영어로 설명했다. 이모는 그 자체를 못 알아들었다. 리아가 영어로 한마디 하면, 외삼촌들은 휴대폰을 열어 구글앱을 돌리다가 자리를 피했다. 이모는 당황하지 않은 척했지만 수다스러워졌다. 리아는 영어가 이 가족을 겁먹게 한다는 결론에 이르렀다. 리아는 말보다 몸의 언어와 눈웃음으로 대화를 시도했다.

리아는 엄마가 자라온 섬을 보러왔다고 영어로 말하다가 휴대폰에 찍어둔 이모 사진을 보여줬다. 리아는 사진의 배경을 가리켰다. 이모의 눈이 붉어졌다.

"알고 싶은 거지? 친아빠에 대해서."

이모의 말이 끝나자 리아는 이모의 손을 잡았다. 이모의 눈이 반짝 빛이 난 다음 리아를 향해 찡긋했다. 외삼촌들은 반대했다. 가족들은 거실에 모여서 대토론회를 했다. 말이 한꺼번에 쏟아져서 리아는 다 알아듣기 힘들었다.

엄마도 가끔 저렇게 가족들과 떠들고 싶었을 것이라고 리아는 생각했다. 존은 엄마를 배려하려고 한국어로만 이야기했다. 그러나 존의 언어는 머릿속에서 영어를 번역하는 과정을 거친 말이었다. 적절할 때 쏟아지지 않았고, 한 박자 늦게 나오는 한국어를 엄마는 답답해했다. 엄마의 한국말이 빨라서 존은 종종 못 알아들었다. 또 존과는 결코 이 가족들이 하는 말처럼 깊은 말은 하지 못했다. 엄마는 부부싸움에서 이기고도 상처받은 표정으로 멍하게 앉아 있곤 했다.

이모는 이 대 일로 싸워 이겼다. 자기가 운전해 리아를 데려갈 것이며, 진도에 숙소를 못 잡을 경우 외할머니가 살던 집에서 잘 거라고 했다. 그 집은 추워서 안 된다고 큰외삼촌이 말했다. 그래서 중간 합의점은 우수영에 숙소를 잡고 회동에 가서 축제를 본 다음 하루를 묵고 돌아온다는 일정이었다. 가족들은 수긍하고 다음번 안건을 위해 거의 피를 토하는 토론을 했다. 저녁은 뭘 먹을까, 라는 것이었다. 식성이 다른 리아를 위한 배려였다. 리아는 뭘 먹든지 상관없었다. 그 섬의 그 바다, 길이 열리는 곳에 갈 수 있다면.

"너 미아 동생 아니냐?"

이모가 얼굴을 붉히며 돌아섰다. 리아 옆에서 이야기하던 사람 중에 나이가 있는 여인이었다.

"네 엄마 죽고 섬을 떠났다는 말은 들었다. 몹쓸 사람, 왜 먼저 간 거냐? 나도 계속 사는데. 오래 사는 내가 죄인이다. 죄인. 근디, 누가 또 죽었냐? 여긴 사람이 많이 죽어야 찾아오더라."

여인의 말을 듣고 나서야 리아는 외할머니에 대한 의문이 풀렸다. 외할머니가 돌아가셨다는 것은 가족들 분위기를 봐서 짐작하고 있었다. 여인은 머리가 희고 얼굴에 기미와 잔주름이 많아서 나이를 짐작하기 어려웠다.

"아니요. 잠깐 진도에 다니러 왔다가 축제 보고 가려고요."

이모가 리아를 눈짓으로 가리키며 대답했다. 여인은 리아 얼굴을 잠깐 바라보더니 누구냐고 묻는 눈빛을 보냈다. 이모는 대답을 망설였다.

"조카냐? 아까 보니까 영어로 말하더라."

여인이 말했다.

"미아 언니 딸이에요. 미아 언니는 일 년 전에 죽었고요. 미국에서 온 리아에요."

이모가 불안한 눈으로 리아를 보고 모도를 향해 고개를 돌렸다가 여인을 봤다. 시상에 가가 죽었디야? 새파랗게 젊은 것이. 여인은 리아의 얼굴을 봤다. 이 아이가 그럼, 우리…… 우리…… 준……. 리아는 여인의 눈을 마주 보았다. 여인의 눈길은 리아를 비껴가 옆에 선 소년에게 머물렀다. 여인이 이어서 중얼거렸다.

"내 기도가 하늘에 닿았구나!"

여인은 그 자리에서 얼어버렸다. 회동에 도착한 풍물패는 여전히 꽹과리를 치고 있었다. 인파가 건너가고 건너오며 여인의 어깨를 스치고, 부산스럽게 지나갔다. 여인만 제자리에 꼿꼿하게 멈춰 있었다. 주름진 여인의 얼굴에 4월의 태양이 맹렬히 내리쪼였고, 해풍이 열기를 거두어 가며 머리카락을 날리는 동안, 여인은 서 있었다. 리아의 앞에 열려 있던 바닷길이 서서히 물에 잠기는가 싶었는데, 리아의 눈에 눈물이 고이는 것이었다. 리아는 눈물을 목구멍으로 삼켰다. 엄마가 리아 앞에서 눈물을 숨기던 방법이었다.

리아의 가족이 살던 시애틀에는 바다가 있었다. 리아는 시애틀 외곽에 살았는데, 그곳의 바다는 잔돌이 많고 목재가 떠밀려 왔다. 수영하기에는 거친 바다였다. 엄마는 그 바다를 리아와 걸으면서 말했다. 이 바다는 진도의 바다를 닮았다. 이 바닷물이 진도에 있는 그 바다까지 연결되었다는 생각만 해도 마음이 포근해진다.

진도에는 회동리라는 곳이 있어. 그곳에 뽕할머니 전설이 전해진단다. 옛날에 진도에는 호랑이가 많았다고 해. 회동마을에는 호랑이가 자주 나타나서 마을 이름도 '호동리'라 불렀단다. 어느 날 호랑이가 나타나 피해를 보게 되자 마을 사람들은 전부 앞바다의 모도로 도망을 갔대. 그런데 급하게 떠나느라 뽕할머니를 빼놓고 간 거야. 혼자 남은 뽕할머니는 용왕님께 다시 가족을 만나게 해달라고 매일 기도를 했대. 그랬더니 그해

2월 그믐께 용왕이 뽕할머니의 꿈에 나타나 '내일 바다에 무지
개를 내릴 테니 그 길로 바다를 건너가라'고 했다는 거야. 다음
날 뽕할머니가 가까운 바닷가에 나가 기도를 했더니 정말로 바
닷물이 갈라지면서 무지개처럼 둥그렇게 휘어진 길이 생겼어.

"그래서 가족들을 만났어?"

리아가 물었다. 엄마는 그 부분에서 늘 말을 멈추었다. 리아
는 엄마가 눈물을 흘리지 않고 삼키는 것을 아주 나중에야 알
았다. 엄마는 눈물을 삼키면서 그 검고 거친 바다에서 불어오
는 바람을 맞고 서 있었다. 그럴 때마다 리아는 엄마의 손을 잡
고 그 바다를 걸었다.

"엄마, 가족들 보고 싶지?"

엄마는 리아가 묻는 말에는 대답하지 않았다. 대신 엄마가
백번도 더 말했던 한국어를 들었다. 엄마는 꼭 이 말은 한국어
로 했다.

"바다에 난 그 길을 네 아빠와 손을 잡고 걸었어. 그해에는
새벽과 밤에만 길이 열렸어. 축제가 열리지 않아서 우리 둘만
걸을 수 있었어. 저녁노을이 진 바다였어. 노을이 주황색이라
우리 둘만의 오렌지월드였어. 회동과 모도의 중간, 바다 가운
데 우리 둘만 있었어. 그 길에서 아빠가 나한테 청혼했어. 우리
는 스무 살이었어. 두려울 것이 없었지. 사랑했으니까."

엄마는 친아빠와의 사랑을 영어로 이야기 하지 않았다. 그것
이 새아빠 존에 대한 배려였는지, 친아빠와의 사랑을 아름답게
추억하고 싶어서였는지는 모르겠다. 리아는 백 번쯤 들은 그
장면을 상상하며, 한국의 진도라는 섬, 회동이라는 바다에 가
고 싶었다. 오렌지색 노을이 깔린 환상 속에서, 얼굴도 모르는
리아의 아빠는 언제나 스무 살 소년이었다. 세상에서 가장 아
름다운 섬에 사는.

바닷길이 닫힌다는 경고 방송이 들렸다. 리아는 여인의 옆에
서 있는 소년을 바라보며 눈짓했다. 소년이 여인을 흔들었다.
굳어 있던 여인의 몸이 현실 세계로 돌아오면서 얼굴에 피가
도는 것 같았다. 여인은 잠깐 죽었던 사람처럼 보였다.
"우리 집에 가자. 밥 먹여 보내고 싶다."
여인이 리아의 손을 잡아끌었다. 리아는 이모의 얼굴을 보았
는데, 이모는 리아한테 어떻게 설명해야 할지 몰라서 망설이는
듯했다. 이모가 손을 떼 놓으려 하자 악력이 느껴졌다. 리아는
여인을 따라가겠다는 뜻으로 고개를 끄덕였다. 그제야 여인은
손에서 힘을 풀었다. 리아는 여인의 손에 붙들려 회동으로 돌
아갔다. 바닷길은 서서히 파도에 덮여 자취를 감추고 있었다.
그 길에서 해산물을 포획한 사람들이 춤을 추듯 그것을 흔들며

몰려갔다.

바닷가 행사장에서 씻김굿이 시작되었다. 여인은 멈추어 서더니 리아를 끌고 굿판의 맨 앞에 앉았다. 이모는 리아의 뒤에 자리 잡았다. 그냥, 이벤트 중 하나야. 무서워하지 마. 뒤에 앉은 이모가 리아의 귀에 대고 말했다. 방금까지 보이던 소년의 모습이 보이지 않자, 리아는 사방을 둘러봤다. 뭘 찾는 거야? 이모가 물었다. 리아는 어깨를 추켜올리며 입술로 물었다. I haven't seen was the boy here? 이모가 다시 물었다. 여기 있던 소년? 도대체 누구? 그 순간 굿판의 연주가 시작되었다. 리아는 정면을 바라봤다.

흰옷을 입은 남자들이 왼편에 앉아 가야금을 뜯고, 대금을 불고, 징을 치고, 장구를 두들겼다. 중앙에 제사상이 차려져 있고 흰옷을 입은 신녀가 '망자를 위한 굿'이 시작되었다고 말했다. 신녀의 앞에 소복을 입고 다소곳이 앉아 있는 다른 신녀가 둘 있었다. 신녀는 손에 든 타래로 앉아 있는 신녀들의 머리를 쓸어내렸다.

오너라~ 불쌍하신 우리 님아~

신녀가 곡을 했다. 신녀는 울듯이 창을 흥얼거리며 손에 든 작은 천을 조물 거렸다. 잠시 후 신녀가 관람객 중에 위안을 얻으려는 사람들을 고르러 왔다. 여인이 리아의 손을 잡고 신녀를 따라갔다. 리아는 여인과 나란히 앉았다. 신녀들이 타래를 흔들며 리아의 주위를 맴돌고 머리를 쓸어내렸다. 붉은 그릇의 물을 리아 주변에 뿌리고 리아의 몸에 묻혔다. 다른 신녀는 솥뚜껑 모양의 신물에 주술을 거는 듯했다. 여인은 손을 맞잡고 빌었다. 신녀들이 흰 천으로 리아의 몸을 감싸며 곡을 했다.

리아는 귀신을 부르는 주술에 초대된 것을 깨닫고 몸서리쳤다. 리아의 몸을 쓸던 흰 타래가 파르르 떨렸다. 신녀가 리아의 등을 타래로 세차게 두드렸다. 신녀들이 흰 천을 휘저으며 춤을 추었다. 잠시 후 신녀들이 흰 천을 길게 펼쳤다. 작은 상여 모양이 그 흰 길을 천천히 지나갔다. 리아는 그 순간 여인의 기도가 엄마를 죽게 한 것은 아닌가 의심이 들었다.

"애야, 이제 어매 아배 둘이서 저 길을 간단다."

리아는 여인의 말을 듣고 온몸에 소름이 돋았다. 리아는 시끄럽고 혼란스러운 와중에 생각했다. 엄마의 기도가 가족들을 보고 싶어 했던 것이라면, 이 여인의 기도는 무엇이었을까. 왜 이제야 하늘에 닿았다고 할까. 징소리가 고막이 터지도록 크게 울렸다.

"노! 노!"

리아는 비명을 지르며 자리를 박차고 일어섰다. 씻김굿의 분위기가 어수선해졌다. 여인이 쫓아와 리아의 손을 붙잡았다.

여인은 두 손으로 리아의 손을 감싸 자신의 가슴에 댔다. 여인의 심장이 리아의 손 안에서 작은 동물처럼 움직였다.

"제발, 오늘 우리 집에서 밥 먹고 자고 가라. 저기가 우리 집이다."

산 밑에 자리 잡은 이 동네의 집 중 가장 위에 있는 청색 기와집이었다. 리아는 고개를 세차게 흔들었다. 리아는 이모의 차가 서 있는 주차장으로 향했다. 여인은 리아를 쫓아 달리다가 넘어졌다. 리아의 뒤를 따라오던 이모가 돌아서서 여인에게 갔다. 이모는 여인을 일으켜 세워주고 몸에 묻은 흙을 털어주었다.

"제발, 아가!"

여인이 주저앉은 채 손짓했다. 리아는 여인의 말을 무시하고 주차장으로 뛰었다. 이모가 자동차로 다가와 차키를 누르자마자 리아는 앞좌석에 들어가 앉았다. 리아는 귀신에게 목덜미가 잡힌 것처럼 소름이 돋아 몸을 떨었다.

"렛츠 고, 이모."

리아는 여인이 쫓아올까 봐 불안한 마음에 뒤를 돌아봤다. 이모는 침착하게 차를 출발시키면서 리아의 눈치를 살폈다. 자동차가 주차장을 빠져나가 해안도로 쪽으로 향했다. 자동차가 뿡할머니 동상이 세워진 바닷길 입구를 스칠 때였다. 여인이 뽕할머니 동상 옆에 오도카니 앉아 바다를 보고 있었다. 여인은 이모의 차에 탄 리아를 향해 가느다란 목을 돌렸다. 여인의 자글자글한 얼굴이 젖어 있었다. 어둠이 순식간에 내려와 여인의 모습을 덮었다. 리아는 여인의 모습을 외면하려고 눈을 질끈 감았다. 이모가 핸들을 돌리면서 입을 열었다.

"나는 어쩐지 네가 내 말을 다 알아듣는다는 느낌이 들어. 저분이…… 네 할머니야. 저분이 왜 저러는지 알아야 할 것 같아. 제발, 내 이야기 좀 들어줘."

엄마의 집은 이 동네의 옆 동네였다. 엄마와 아빠는 고등학교를 같이 다녔다. 같은 반이라 정이 들었고, 고등학교 2학년 때 사귀게 되었다. 아빠는 오토바이를 타고 진도의 길을 달리길 즐겼다. 엄마는 뒷자리에서 아빠의 허리를 붙잡고, 진도읍 북산을 올라가 보고, 진도대교를 건너 우수영까지 가 보았다. 이 섬의 아이들은 고등학교를 졸업하면 섬을 떠나 도시로 가는 게 소원이었다. 도시는 언제나 설렜고 섬은 지루했다. 도시는 사람과 흥밋거리로 넘치는데, 이 섬을 찾는 사람들은 일 년에 딱 한 번 '신비의 바닷길 축제' 때 왔다.

아빠는 달랐다. 아빠는 이 섬의 모든 길과 바다와 바람과 돌멩이까지 사랑했다. 때가 되면 드러나는 갯벌과 그곳에서 팔딱이는 생물들. 바다에 나가 낚싯대를 드리우고 고기를 잡을 때의 쾌감. 그믐에 물이 빠져 의신면 모도까지 걸어갈 수 있는 바닷길. 해가 지는 세방길을 달리고, 전두 둑길을 달렸다. 화가가 태어났다는 운림산방의 숲길을 달리고, 고려의 왕이 죽어 묻힌 왕 무덤 재를 돌아, 그들이 쌓아 놓은 용장산성과 몽골군이 쳐들어왔다는 벽파까지 가 보았다. 아빠가 이 섬에서 가장 좋아했던 것은 엄마였다. 바다를 보며 엄마와 살고 싶은 게 스무 살 아빠의 꿈이었고 미래였다. 둘은 고등학교를 졸업하고도 섬에 남고 싶은 거의 유일한 두 아이였다. 오토바이를 타고 섬을 휘젓고 다닌 것은 치기가 아니었다. 이 섬을 사랑해서였다.

"둘은 그날도 오토바이를 타고 달렸어. 영등제[1]가 그러니까 신비의 바닷길 축제가 없던 해였어. 언니 말에 의하면 그날 저 바닷길에서 청혼을 받았대. 둘은 날아갈 것처럼 기분이 좋아서 달렸어. 그리고 사고가 난 거야."

그날 아빠는 엄마의 손에 반지를 끼워 주고 헬멧을 씌워 주었다.

아빠는 달렸다.

덤프트럭이 앞에 나타났다. 속도가 줄지 않았다. 오토바이가

---

1) 영등제: '하늘로 올라갔다'는 뜻

덤프트럭 밑으로 들어갔다. 아빠는 외상이 없었다. 뇌진탕으로 즉사했다. 엄마는 다리가 쓸리고 무릎에 멍이 들었다. 그러나 죽지 않았다. 엄마는 한동안 집 밖으로 나갈 수 없었다.

아들을 잃은 여인은 바닥을 구르며 울었다.

"내 새끼 잡아먹은 년. 네가 내 새끼 꼬드겨서 오만사방에 오토바이 타고 다닐 때부터 알아봤어. 내가 그렇게 말렸는데. 네가 부르면 밤이나 낮이나 뛰쳐나갔어. 밥 먹다가도 나갔어. 그날 밥도 제대로 못 먹였는데……"

여인은 하루하루 찾아와 엄마를 잡아 뜯었다. 외할머니와 가족들은 말리지 못하고 외면했다. 여인은 미쳐갔다. 마을에서는 외할머니와 가족들을 따돌렸다. 외할머니는 남편 대신 의지하고 살던 사람들에게 버림받았다. 고작 스무 살의 엄마는 삶을 놓고 싶었다. 엄마의 뱃속에는 리아가 있었다. 엄마는 리아와 이 섬에서 살 자신이 없었다.

엄마가 죽으려고 바닷가에 선 날, 선교사로 섬에 와 있던 존이 엄마를 말렸다. 존은 소문을 들어 엄마의 사정을 알고 있었다. 존은 미국에 가서 다른 길을 찾아보길 제안했다.

"다시는 돌아오지 마. 사람들은 곧 잊겠지. 그래도 네가 돌아오면 다시 기억해낼 거야. 네 동생들 지금 학교에 가도 괴롭힘

을 당해. 너 때문에. 준호네 집은 완전히 망가졌어. 준호 엄마
가 아직도 밥 차려 놓고 준호 기다린대. 준호 친구들이 찾아가
면 준호가 곧 올 거라고 한대. 네가 보이지 않으면 우리는 곧
잊을 거야. 미국은 멀겠지. 그러니 가서 다른 길을 찾을 수 있
으면 찾아. 너한테 없던 길이 생겼다고 생각하고, 가면 건너오
지 마."

외할머니가 고단하게 말했다.

"다시는 돌아오지 않을 거예요."

엄마가 말했다. 외할머니는 아들을 잃고 반은 미쳐버린 여인
이 있으니, 자신도 딸을 보지 못하는 대가를 치러야 한다고 여
겼다. 외할머니는 자신의 남은 생이 딸을 그리워하다가 끝날
줄은 몰랐다.

리아는 핸들에 놓인 이모의 손을 잡았다. 리아는 돌아가자고
고갯짓을 했다. 이모의 차는 진도대교를 달리는 중이었다. 이
모는 다리를 다 건넌 후 차를 유턴했다. 회동으로 향하는 차안
에서 리아는 이모가 해줬던 이야기의 여백을 생각했다. 아빠가
엄마를 태우고 달리던 해안도로에서, 낙조가 고운 바닷가에서,
오토바이는 잠깐씩 멈췄을 거다. 스무 살의 아빠와 엄마는 이
섬의 구석에서 서로를 끌어안고 사랑을 나눴을 것이다. 이모가

잠깐씩 숨을 멈췄던 이야기 속 어느 틈에서 리아는 생겨났을 것이다. 리아는 차창을 내리고 그날의 엄마, 아빠가 내쉰 숨을 잡듯 손을 뻗었다. 리아는 뿌리치고 온 여인이 떠올랐다. 리아는 갑자기 사라졌던 소년이 나타나 여인을 챙겼을 거라고 생각했다.

이모의 차가 어둠을 뚫고 회동에 들어섰다. 여인이 아직도 그 자리에 우두커니 앉아 있었다. 소란스러운 음악과 취객들의 고함이 축제의 마지막 밤을 조각내고 있었다. 그러나 여인의 주위는 적막했다. 이모의 차가 서행했다.

"아따, 저 할매 또 저그 앉았네. 바닷길만 열리면 혼자 중얼거리면서 건너갔다 온디야. 그 있냐. 배 뒤집어졌을 때 말여. 팽목항에서 부모들이 자식들 기다릴 때도, 거그 가서 저라고 있었디야."

"그랑께. 그 큰 배 건져서 목포로 가져간 뒤로나 안갔담서?"

"그 사람들 폭폭한 맴을 알아서 그랬겠제."

"오매. 그람 여적 죽은 아들 기다리는가?"

자동차 옆을 지나던 사람들이 말했다. 그들은 축제의 열기로 흥청거리는 포장마차로 들어갔다. 리아는 여인과 함께 있던 소년에 대해서 다시 의문이 들었다. 여인의 앞에 자동차가 서자 여인은 굳은 다리를 끌고 리아에게 다가왔다.

"이모! The boy with your grandmother where are you
going?"

리아가 이모에게 물었다.

"리아, 도대체 누굴 찾는 거야? 할머니는 계속 혼자였어."

이모가 대답하고 다가온 여인을 향해 고개를 숙였다. 여인은
이모의 손을 잡고 다독이며 고맙다고, 리아를 데리고 와줘서
감사하다고 말했다.

리아는 새벽에 눈을 떴다. 담요를 뒤집어쓰며 이모가 몸을
뒤척였다. 리아는 방마다 문을 열어봤다. 이모가 잠든 방을 제
외하고 두 개의 방을 확인했지만 소년은 없었다. 리아는 마당
으로 나갔다. 이 마을을 품고 있는 산은 엄마가 이야기해 준 호
랑이가 나오던 산이었다. 마당에 나가보니 새벽노을이 짙게 깔
린 바다와 모도로 연결된 바닷길이 보였다. 마을은 바다와 산
에서 품어낸 안개에 잠겨 있었다. 리아는 마을길을 내려갔다.
바닷길로 가는 길에 간밤에 씻김굿을 했던 자리를 지났다. 리
아는 주머니에서 엄마의 반지를 꺼냈다. 엄마가 죽기 전 리아
의 손에 쥐여 준 것이었다. 아빠가 청혼할 때 준 실금 반지였
다.

리아는 바닷길 입구에 섰다. 멀리서 보면 열린 것처럼 보이

던 바닷길은 옅은 물에 잠겨 있었다. 그것조차 서서히 걷히면서 길이 열렸다.

"그래서 뽕할머니는 가족들을 만나고 어떻게 됐어?"

시애틀의 검은 바다에서 리아가 물었다. 엄마는 옷깃을 여몄다. 엄마가 시애틀에 와서 끝내 적응이 힘들었던 것은, 비와 긴 겨울이었다. 아담스 마운틴의 봉우리는 일 년 내내 설산이었다.

"내 기도로 바닷길이 열려 너희들을 보았으니 이제 소원이 없다. 유언을 남긴 채 기진하여 숨을 거두고 말았어."

"그렇게 만나고 싶던 가족을 만났는데, 죽었어?"

리아가 묻자 엄마는 슬픈 눈으로 고개를 끄덕였다.

물이 들기 시작했다. 바닷길이 사라지고 있었다. 리아는 들고 있던 반지를 있는 힘껏 던졌다. 흰 천으로 만든 길을 따라 엄마의 반지가 저승으로 건너갔다. 씻김 굿판의 장구 소리 북소리, 꽹과리 소리가 환청으로 들렸다. 신녀의 처량한 곡소리도.

가시오. 고운 우리님~

사라지고 있는 바닷길 가운데 손을 맞잡은 엄마와 아빠가 보였다. 그들은 뒤를 돌아보았다. 리아는 처음으로 아빠를 보았다. 길이 열린다고 소리치던 소년. 여인의 옆에서 같이 이야기하던 소년. 리아에게 예쁘다고 말했던 그 소년이었다. 리아는 소년을 향해 손을 뻗었다. 그러나 소년은 더 멀어졌다. 엄마의 모습도 스무 살로 돌아가 있었다.

엄마와 아빠는 다시 손을 붙잡고 걸어갔다. 파도가 밀려와 그들을 덮었다. 리아는 소년에게 물었어야했다. 너는 누구냐고. 내가 누군지 아느냐고. 리아는 바닥에 주저앉아 엄마와 아빠가 돌아올 수 없는 길을 가 버리는 모습을 끝까지 지켜보았다.

리아는 이제 혼자였다. 휴대폰이 울렸다. 존이었다. 엄마를 미국으로 데려간 존은 엄마가 자신을 받아줄 때까지 기다렸다. 엄마는 영주권을 얻어야 했기에 서류상 혼인을 해 두었다. 존과 엄마는 같이 사는 동안 자주 다투었다. 엄마는 존의 개인주의적 성향이 차갑고 냉정하다고 외로워했다. 그러나 리아가 보기에 존은 엄마의 마음을 얻어 본 적이 없었다.

리아가 전화를 받자 존은 길게 한숨을 내쉬었다. 존은 리아가 한국에 갔다는 사실을 알고 있었다. 존은 담담하게 한국 가족들의 안부를 물었다. 리아는 이모와 외삼촌들이 잘 대해 준다고 했다. 아빠를 만났다는 말을 하려다가 입을 다물었다.

"리아, 너도 알고 있잖아. 미아는 나를 사랑했던 적이 한 번도 없었어. 그래도 너는 내 딸이야. 전학 가지 않아도 좋아. 내 애인을 설득했어. 네가 대학 가기 전까지 기다릴게. 제발, 돌아오렴."

리아는 존에게 곧 돌아가겠다고 말하고 전화를 끊었다.

"리아, 아침 먹자. 할머니가 밥 차려 놓았어."

이모가 리아의 곁으로 걸어오며 말했다.

밥상에는 멸치볶음과 고등어구이, 참기름에 볶은 전복, 봄동 겉절이, 냉이된장무침, 톳무침과 구운 김이 놓여 있었다. 국은 엄마가 생일마다 사다 먹던 미역국이었다.

"제발, 밥 한 끼만 먹고 가라."

여인이 리아의 팔을 쓰다듬었다. 리아는 여인이 손수 지은 밥과 국을 떠먹었다. 여인의 마음이 따뜻한 미역국에 담겨 목구멍으로 넘어왔다. 리아는 미역국에 밥을 말아 술술 떠먹었다. 비릿한 미역 맛이 혀를 감싸고 뜨끈한 국물이 배꼽까지 따뜻하게 했다. 여인은 젓가락질이 서툰 리아를 대신해 반찬을 집어 주었다. 전복을 리아의 숟가락에 올리고, 톳무침을 올려 주었다. 이 두 가지 반찬은 아빠가 좋아하던 것이라고 했다. 리아는 밥 한 그릇을 다 먹고 물을 마셨다. 아들이 죽은 후에도

하루하루 살아야 했던 여인의 마음을 리아는 알고 있었다. 일
년 전 엄마가 죽고 나서 리아의 날들도 그랬다.

이모가 차에 시동을 걸었다. 여인이 리아의 손을 잡았다.

"Her son is away. Mia and in this morning."

리아가 말했다. 이모가 옆에서 물었다. 리아, 할머니의 아들
이 오늘 새벽에 미아랑 떠났다니 무슨 말이야? 꿈을 꾼 거야?
이모가 여인과 리아를 번갈아 보았다. 여인은 고개를 끄덕이면
서 말했다.

"나도 안다. 아가. 이제 그 아이를 보내줘야지. 내가 너무 오
래 붙들고 있었어. 이제 그 아이는 여기 있단다."

여인이 자신의 가슴을 가리켰다. 리아는 여인의 손을 두 손
으로 감싸 잡았다. 그 손을 자신의 가슴에 댔다. 리아는 여인이
고개를 끄덕이고 눈물을 삼키는 모습을 지켜봐주었다.

"아가, 가거라. 너는 넓은 세상의 모든 길을 다 밟아보고 자
유롭게 돌아다니렴. 나대신, 일찍 간 너희 엄마, 아빠 대신."

리아는 돌아오고 싶어 하던 엄마가 오지 못한 이유를 이해했
다. 엄마는 돌아올 집이 없었던 것이다. 외할머니가 죽고 나자
돌아올 자리를 잃었던 것이다. 리아도 그때의 엄마와 다르지
않았다. 할머니는 리아의 손을 잡고 말했다.

"아가, 힘들어 주저앉고 싶을 때 이 집으로 돌아오너라. 내가 기다릴 테니."

리아는 고개를 끄덕였다. 돌아올 곳이 있다면 없는 길도 만들면서 앞으로 나가면 되는 일이었다. 리아는 마지막으로 바닷길을 보았다.

리아가 열고 갈 바닷길은 2.8km가 아니라 2만 8천이거나 그보다 더 먼 길일 것이다. 리아는 엄마의 짧은 삶보다 더 오래 살 것이며, 더 멀리 갈 것이다. 그 시작은 이제, 리아가 생겨난 이 바닷길에서부터였다.

바닷길 2.8킬로미터를 걸으며

박지음 작가의 「영등」은 읽고 난 뒤에 애잔한 여운이 남는 작품이다. 나를 무장 해제시킨 이 뭉클한 떨림은 어디서 오는 것일까. 「영등」은 내가 알고 있는 가장 아름답고 슬픈 진혼곡 중 하나다.

「영등」을 아주 간단히 말해버리기로 한다면, '시애틀에서 온 열일곱 살 리아의 뿌리 찾기'라고 할 수 있을 것이다. 리아가 진도 영등제를 보며 아버지와 어머니의 흔적을 더듬는 여정이 진한 공감을 불러일으킨다. 리아 어머니와 아버지의 목이 메도록 아름답고 슬픈 사랑 이야기가 바닷길 2.8킬로미터를 따라 펼쳐진다. 리아가 할머니 집에 하룻밤 묵으며 할머니가 해 준 밥을 먹고, 어머니의 반지를 진도 바닷길에 던지며 비로소 이 진혼곡은 막이 내린다.

이 작품은 다분히 휴먼 드라마 플롯의 성격을 띠고 있다.

그러나 이 작품이 가지고 있는 리얼리티와 진정성과 감동은 그런 약점을 상쇄하고도 남는다. 이 작품은 비평문에 기대어야만 이해할 수 있는 어려운 작품도 아니고, 모호한 의미로 독자를 피로하게 만들지도 않는다. 단단한 문장과 쉬운 필치로 누구나 쉽게 읽을 수 있도록 담백하게 이야기를 펼쳐놓고 있다. 사회와 시대의 모순에 예민한 촉수를 들이대어 날카롭게 그려내던 박지음 작가의 전작들과는 사뭇 다른 경향이라고 할 수 있겠다. 그 이유는 박지음 작가의 말에서 찾을 수 있겠다. '이 작품은 모든 것을 내려놓고 오직 고향인 진도 사람들에게 친근하게 다가가기 위해 노력했어요. 그렇게 쓰기가 무척 어려웠어요.'

「영등」은 박지음 작가의 팔색조 같은 매력이 무엇인지 보여준 작품이다. 그녀의 다음 작품이 벌써 기다려지는 이유일 것이다.

이서안 _ 경남 마산에서 태어나 울산과 서울을 오가며 생활하다 지금은 울산에서 살고 있다. 국문학을 전공하고 국민대학교 문예창작대학원에서 소설을 처음 쓰기 시작했다. 2017년 《경상일보》 신춘문예에 소설 「과녁」이 당선되면서 작가의 길에 들어섰다. 2018년 제 10회 목포문학상 본상 「풍경」을 수상했고, 2019년 울산예술문화재단 창작기금을 수혜했다. 2019년 늦은 가을에 첫 소설 단편집 출간을 앞두고 있다.
e-mail:tslee3000@empas.com

하우젠이 말하다

이서아니

작가 노트

90년 때까지만 해도 태화강은 공단에서 흘려보낸 폐수로 사람들에게 외면당했었다. 오염으로 병든 강의 모습은 울산 사람들이 기억하던 강이 아니었다. 금모래 사장이 펼쳐진 강변에서 친구들과 물장구치며 강에서 꿈을 낚았기에 사람들은 눈앞의 현실에 두 눈을 질끈 감았었다. 여름 장마로 폭우가 쏟아지면 그나마 차오른 강은 숨을 돌리고 원시의 생명을 절절히 회구하며 바다를 향해 떠났다. 강과 사람들의 염원을 들었을까, 지금의 태화강은 옛날 사람들의 기억 속에 살아 숨 쉬던 그 강으로 다시 태어나 철새들과 연어가 해마다 돌아오고, 숭어 떼가 뛰노는 푸르른 강으로 시민들에게 내일의 삶을 지탱할 힘이 되고 있다. 사람들이 강물 냄새를 잊지 않고 오랜 시간 강을 기억했듯, 기억에 남는 소설을 쓰기 위해 태어난 곳보다 더한 시간을 이곳 울산에서 글을 쓰고 있다.

하우젠이 말하다

당신의 한쪽 어깨가 왼쪽으로 조금씩 처진다. 당신은 어제도 오른발뒤꿈치를 빼내어 킬힐 뒤축에 걸쳐놓기를 반복했다. 내 짐작대로라면 당신의 오른발은 상당히 문제가 생겼을지도 모른다. 현관문을 열고 누군가 들어오자 재빨리 구두를 고쳐 신은 당신이 생긋 미소를 짓는다. "어서 오십시오" 구두 속으로 잽싸게 발을 밀어 허리를 곧추세우는 순간은 0.1초의 찰나다. 나는 당신의 노련한 대처가 얄밉다. 양손을 가로질러 공손하게 인사하는 자세는 상대를 흡족하게 만든다. 당신은 오늘도 음성 안내기가 말하듯 똑같은 멘트와 미소를 잃지 않는다. 당신은 오래전부터 나를 알은 듯이 가리키기도 쓰다듬기도 하면서 고객들에게 나를 자신 있게 소개한다.

당신의 얼굴 근육이 꿈틀대기 시작한다. 아…… 에…… 이…… 오…… 우의 발성과 동시에 어제와 똑같은 미소를 만들기에 여념이 없다. 나를 구성하고 있는 몸체는 상당히 어려운 용어라 평소 당신이 쓰던 단어들이 아님에도 당신은 입을 앙다물거나 벌려 준비 발성을 끝내고 속살거렸다. 물론 이 발성법은 당신과 나만 아는 비밀이다. 그것도 시원찮을 때는 목을 손으로 잡고 여러 번 헛기침을 한 뒤 당신은 흡입기로 흡입하듯 나를 모조리 빨아드렸다.

여사님, 2층으로 올라가 보실까요.

단순함과 미니멀리즘을 추구하는 디자이너가 손수 제작한 나선형 계단은 품격이 있으면서 균형감 있게 안착했다. 디자인 스튜디오를 운영하는 J 디자이너의 명성은 외국에서 더 알려져 있었기에 그녀의 모던한 디테일은 많은 고객을 사로잡기에 충분했다. 나뚜찌의 짙은 블론드 소파가 거실의 전면 유리창과 대응하면서 나른한 봄빛의 여유를 안겨준다. 거실 옆으로는 산 풍경이 정면에는 강줄기가 아련하다. 강을 따라 이제 막 피기 시작한 벚꽃들은 한 폭의 산수화처럼 에둘러져 환상미마저 자아내 사람들의 시선은 나를 담아내려고 폰 셀카로 찍어대기 바빴다.

당신은 지하 1층에서 지상 2층을 오늘도 몇 번씩 올라갔다 내려갔다를 반복했다. 당신의 값싼 구두가 나를 여기저기 짓밟는다. 싸구려 샴푸향보다 더 견딜 수 없는 모멸감에 나는 몸서리친다. 나를 탐하는 사람들은 프라이버시를 강조하며 의심과 계산이 뒤범벅된 눈으로 나를 바라보았다. 어떤 손님은 나의 가치를 평가절하하면서 자신들의 안목을 추켜세우기도 했다. 심지어 내 앞에서 다른 건축가들의 이름도 들먹였다. 그러나 내가 가장 이해할 수 없었던 건 당신의 눈빛이었다. 그 눈빛은 침착함이 빚어낸 무관심인지 관심인지 헷갈리게 만들었다. 당신의 눈빛은 이탈리아의 장인이 빚어낸 유리 조명만큼 밝게 빛나 어쩐지 서늘해 보였다. 그 눈빛은 이 단지를 에워싼 감시 카메라보다 고객들에게 신뢰감을 줄 정도로 깊고 맑다. 그런데 당신은 지금 어디를 보고 있는 걸까, 당신에게 나는 하나의 공간 이상도 이하도 아닌 것 같아 나는 마뜩잖다.

에코 갤러리의 탄생을 알리는 팡파르가 울렸다. 향긋한 꽃 냄새가 악기의 선율과 어울려 퍼져 나갔다. 마침맞게 해거름의 주홍빛이 하우스 주위를 수놓자 강 건너편의 누각과 대비를 이루며 한층 돋보였다. 태화루라 불리는 도시의 누각은 오랜 시간을 아울린 정경으로 내 품위를 한껏 살려주었다. 명당을 선정해 설계에서 완공까지, 오늘 모인 인사들은 모두 나를 축하하러 온 사람들이다. 나의 진가를 아는 사람에게 둘러싸여 나는 가슴이 방망이질 친다. 파티는 나를 한껏 띄워주었다. 금빛 포말을 머금은 샴페인 잔들이 쨍그랑 부딪치는 소리와 사람들의 웃는 소리에 나는 하늘을 향해 날아갈 듯하다. 나를 탄생시킨 건축가가 활짝 웃고 있다. 공모전 건축 대상을 받을 만큼 그는 나에게 자부심이 강했다. 사람들이 나의 구석구석을 살펴보고 의미심장한 눈웃음을 친다. 나도 그들의 속내를 빤히 알지만 비즈니스의 세계에서 자리매김하려면 당연히 따르는 절차였다. 이 자리에 참석한 사람들 중 절반은 이미 나의 쌍둥이들을 점찍어 두었을 터였다.

당신은 파티 내내 있었다고 하는데 왜 내 기억에는 없을까? 어쩌면 그날 흥에 들떠서 당신을 미처 못 봤을 수도 있었겠다. 유유히 흐르는 태화강도, 푸르른 십리대숲도, 저 멀리 보이는 누각과 대교도, 나랑 절묘한 조화를 빚어냈다. 나를 위해 이 모든 배경이 갖추어진 셈이었다. 다만, 신경을 거슬리게 하는 게 있다면 당신이었다. 나는 처음부터 당신이 마음에 들지 않았다. 당신이 건넨 체취는 여태껏 내가 맡지 못한 역한 냄새였다. 뉴욕 브루클린에 산 적이 있었던 내 주인은 그 뒷골목의 냄새가 가장 역하다고 했지만 내 상상으로는 가늠이 불가능했다. 머리카락에서 마구 풍겨 나오는 향내의 정체는 마트에서 세일을 몇 번 거친 덤핑 샴푸였을 게 뻔했다. 한동안 나는 이 냄새에 길들어져야 하는 게 더할 수 없이 견디기 힘들었다. 더 현기증 일게 한 건 당신이 싸 오는 일회용 도시락이었다. 그 냄새는 나를 손상시켰을 뿐 아니라 내 품위를 한껏 떨어뜨렸다. 다용도실 구석에서 먹는 당신의 점심은 너무도 지독해 토할 지경이었다. 식사가 끝나면 후다닥 창문을 열어 환풍기로 냄새를 빼내고 그마저 안심이 되지 않은지 청정 환기 시스템을 가동해 부산스럽게 구는 당신, 나에게는 겹겹의 견딤이 필요한 시간이었다. 당신은 나를 처음 보자마자 짧은 한숨을 내쉬었다. 놀랍도록 충격적인 것은 나도 마찬가지였다. 그 한숨의 실체가 다른 방문객들과 확연히 달랐기도 했지만 나를 열 받게 한 것은 비아냥거림에 가까운 당신의 낯빛이었다. 헉, 이 집이 50억이 넘는다고…… 세상에! 여기 사는 사람들은 어떤 사람들이야? 아무리 돈이 많아도 그렇지, 집에 50억을 처바르다니…… 그 한숨과 표정에는 이런 말들을 함축하는 듯 느껴졌다.

　정지수 씨, 모레가 샘플하우스 오픈 날인 것 아시죠? 이틀 동안 이 집의 구조를 빠짐없이 익혀야 해요. 오기 전에 회사에서 받은 e-book은 숙지했나요? 찾아온 손님들께 최대한 자연스럽게 집을 라운딩하면 됩니다.

　분양 담당 최 매니저가 힘주어 당부한다. 당신의 이름은 정지수. 나는 당신의 이름을 가만히 불러본다. 정. 지. 수. 실내디자인 전공이 타운 하우스에 오게 된 주요한 원인이라고 최 매니저가 말했지만 나는 그렇게 보지 않았다. 당신의 역한 향내와는 달리 당신의 얼굴과 늘씬한 몸매는 화려하지 않으나 우아하고 어딘가 기품이 있었다. 당신이 풍기는 묘한 분위기 때문에 발탁됐다고 확신했건만 내 섣부른 판단은 어딘가부터 조금씩 빗나가기 시작했다.

당신은 지하층에서 2층까지 뻔질나게 오르락내리락하며 불만스러운 얼굴을 여실히 드러냈다. 처음에는 집값으로 나를 비웃더니 그다음에는 나의 모든 것을 못마땅해 하는 것 같았다.

정지수 씨, 그것…… 왜 옮기려고 해?

매니저는 그녀의 행동을 의아스러워했다.

저는 이쪽에 배치했으면 해요. 복도에 있으면 손님들 다닐 때 자꾸 거치적거릴 것 같아서요.

실내디자인 한 사람 꽤 이름난 사람이야. 나중에 알게 되면 불쾌하게 생각하지 않을까?

나도 매니저와 같이 맞장구를 친다. 나를 디자인한 사람, 아주 유명한 디자이너야! 아마추어 주제에 주제넘게……. 당신은 깍지 낀 두 손을 계속 조몰락거린다. 당신이 불편할 때 자주 하는 버릇이다. 매니저는 전화로 지시 상황을 내릴 뿐 하우스에는 거의 오지 않았다. 그래서일까, 당신은 지난번 지적당한 일을 깡그리 잊고 오늘도 거실 테이블 소품을 당신 임의대로 배치한다. 나는 당신의 서투른 솜씨가 썩 마음에 들지 않아 돌아버릴 것만 같다.

팸플릿에도 나와 있지만 하우스 기초부터 내진설계가 완비되어 진도 7에도 견딜 수 있는 튼튼한 구조입니다. 외부뿐 아니라 내부 단열시공으로 단열과 외부 소음을 완벽하게 차단하고 있어요. 그리고 실내디자이너가 가장 꼼꼼하게 신경 쓴 부분이 내부 천연 대리석입니다. 친환경 이름에 걸맞게 마감재들도 에코 카라트로 시공되었습니다. 화이트와 베이지 톤, 그리고 어두운 글라스로 모던함을 더해주고 있습니다. 블루와 화이트로 가구의 조화를 이루는 룸도 눈여겨볼 필요가 있습니다. 파사드를 유리로 설계하면서 응접실과 다이닝 룸에서 강의 풍경을 더 느끼실 수 있을 것입니다. 가장 주목할 점은 이 하우스가 강을 껴안듯 숨을 쉬고 있다는 겁니다.

순간, 나와 당신의 눈이 마주친다. 당신은 언제부터 나를 의식하고 있었다는 듯 조심스럽게 바닥을 걸으며 내 몸의 구석구석을 어루만진다. 내 가슴이 철렁거린다. 이제껏 내 몸을 만진 건 당신이 처음이었다. 내 몸에 당신의 냄새가 배여 흠흠거리게 한다. 나는 당황스러워 나도 모르게 하우스 전체를 털어보지만 당신이 느끼는 파동은 미세했는지 당신은 팔에 힘을 실어 나를 잠시 잡을 뿐이다.

당신은 나와 관련된 정보를 모조리 외워 앵무새처럼 조잘거린다. 오물거리는 당신의 입술이 끊임없이 나를 훑어댄다. 당신의 손길이 나에게 닿을 때마다 나는 정전기가 일듯 터럭이 섰다. 그것은 뭐라고 말로 표현 못할 끔찍한 것이었다. 몇 초의 스침에 나는 한없이 추락한다. 내 자부심의 원천으로 높이 평가해야 할 대리석을 몇 마디 설명으로 그치는 것에도 심기가 상한다. 당신이 천연 대리석이라고 말하는 대리석은 엄밀하게 말하면 대리암이다. 먼 옛날 지중해 주변을 누비던 내 조상들의 역사이다. 그곳 사람들은 나를 '빛나는 돌'이라고 부르며 자랑했다. 조상들이 도시의 건축물들을 장식하고 위용을 떨친 시간은 고대로부터 지금까지 계속되었기에 나의 자긍심에는 어떤 흔들림도 없다. 그런 나를 당신은 킬힐로 마구 짓눌렀다.

오늘도 당신은 대리석 계단 아래 펄썩 앉아 구두를 벗자마자 다리와 발을 주무른다. 스타킹을 벗자 발갛게 부어오른 뒤꿈치가 드러난다. 흠 하나 없는 대리석 바닥을 알게 모르게 당신의 구두굽이 스크래치를 여러 번 내었을 뿐 아니라 짓뭉개 놓았다. 양쪽 발가락과 다리의 근육은 풀리지 않았는지 한쪽 주먹으로 두드리다 긴 날숨을 내뱉는다. 당신은 오른발을 약간 절뚝거리며 일그러진 표정을 짓다가 하나씩 소등한다. 이제 당신의 집으로 돌아갈 시간이다. 외등 불빛 아래로 당신이 걸어가고 있다. 내가 가장 원했던 시간, 당신이 나에게서 떨어져 나가는 시간이다. 나는 그대로 눈을 감아버린다. 내일 당신이 오지 않았으면 하는 간절함은 갈망을 넘어선다. 멀리서 어렴풋이 당신의 휴대폰 벨 소리가 들린다. 당신의 목소리가 점점 멀어져 간다.

당신의 휴대폰이 지치지 않고 떠들어댄다.

응, 수경아. 뭐? 다 그렇지 뭐…… 좋기야 좋지. 서울과 떨어져서 좋다면 좋을까…….

당신은 아침만 해도 매니저에게 이곳의 모든 것이 낯설어 적응하기 힘들다고 말했었다. 당신을 향한 나의 신뢰는 조금의 기대조차 생기지 않게 야금야금 어긋나고 있다.

나 보러 내려오고 싶다고? 글쎄 이곳까지? 가능할지 모르겠어. 여기 예약제라…… 아무나 올 수가 없어. 매니저한테 얘기해볼게. 수경아, 전화 들어와, 끊어. 네, 에코 갤러리입니다. 30분 뒤에 오신다고요? 알겠습니다.

당신은 휴대폰의 통화 종료를 급하게 누른다. 전화를 건 쪽은 회사 분양사무실일 것이다. 당신의 걸음걸이가 빨라진다. 당신은 파우더 룸으로 들어가 옷매무시를 고치고 파우치에서 팩트를 꺼내 얼굴을 두드린다. 틴트를 덧바르고 거울을 향해 입꼬리를 약간 올린다. 1층 다이닝 룸을 꼼꼼하게 점검한다. 뒤이어 거실의 소파 쿠션을 반듯하게 놓는다. 힐 소리를 탁탁

울리며 당신은 2층 계단을 향해 바삐 올라간다. 2층을 둘러본 당신은 거실과 데코 사이의 커튼을 밀쳐놓는다. 푸른 강 너머로 날빛을 받은 누각이 오색찬란하게 펼쳐져 있다.

어서 오십시오. 아, 네.

오늘 당신이 맞이할 고객은 작년에 한남동으로 나를 보러왔던 유명배우 K이다. 당신은 그를 단박에 알아봤지만 호들갑을 떨거나 팬 사인을 요청하지 않는다. 연신 웃음을 지으며 당신은 그를 편안하게 안내한다. 고객의 선택을 위해 말을 많이 해서도 안 되고 너무 말이 없어서도 안 된다. 당신이 지켜야 할 것은 품위이다. 당신은 배우와 다섯 발자국 정도 떨어져 보행속도를 맞추고 있다. 그러는 사이에 당신은 고객의 눈빛을 통해 만족도와 불만족도를 체크한다. 거실 데코를 열어본 그는 만족한 미소를 짓는다. 당신이 결코 나를 향해 지은 적이 없는, 나에게는 이미 흔하고 익숙한 표정이다. 당신은 싱긋 웃으며 추임새를 넣는다.

이쪽 발코니에서 바라보는 노을 풍경이 더없이 그윽합니다.

당신은 오늘 이 말로 마무리한다. 바쁜 배우가 이곳까지 와서 석양을 볼 시간이 얼마나 있을지 모르지만 그러기에 더 열망이 클지도 모른다. K배우의 고향은 이곳이었다. 그는 자신의 부모에게 나를 선물하고 싶다고 말을 건넨 것 같다. 그의 눈

빛은 나에게서 고향을, 부모를 향한 감사를 나로 가치 삼아 견
줄 수 있는 센스를 지녔다.

　　오전 일찍부터 당신의 휴대폰이 거듭 울린다. "네, 알겠습니
다. 급히 전해 줄 게 있어서 왔을 겁니다." 전화를 끊은 당신이
현관문을 열고 밖으로 나가 안절부절못한다. 당신은 고개를 들
어 도로를 힐끔 보다가 다시 정원을 왔다 갔다를 반복한다. 드
디어 당신이 기다리던 실체가 등장했다. "야, 어떻게 된 거야?
진짜 내려올 줄 몰랐어?" "음? 괜찮은데, 딱 내 취향이야. 건축
가상 받을 만한 것 같아." 당신은 감시 카메라를 의식해 친구
를 구석진 곳으로 잡아당긴다. "분양사무실에 너한테 전해줄
물건이 있다고, 잠시만 머문다고 눈치껏 말했어." 당신의 친구
는 나에게 홀딱 빠져 헤어나지는 못하는 것 같다. 그녀의 약간
벌려진 입과 치켜 뜬 두 눈이 말해주었다. 당신의 친구는 나를
황홀하게 쳐다본다. 내가 당신에게 처음부터 바라던 시선이었
다. 당신의 친구는 당신과 상당히 다르다. 그녀의 향내는 싸구
려가 아니다. 나에게 친숙한 메종 프란시스 커정의 우드 사틴
무드 향수다. 당신 친구가 입고 있는 H 라인이 도드라진 블랙
세틴의 원피스도 베르사체다. 들고 있는 골드 하드웨어의 검정
클러치도 역시 명품이었다. 솔직히 말하면 당신보다 당신 친구

가 나의 품격에 더 잘 어울린다. "다이닝 룸 비주얼이 돋보여. 빌트인 중에서도 최상급이야. 이건, 우리 집 밀레보다 훨씬 나은데! 지수야, 나 2층에도 잠깐 올라가도 되지? 침실 조명 하나에도 몇 백이 넘는다며?" "응, 그런가 봐. 위치도 위치지만 인테리어도 한몫하겠지. 조명 하나에 몇 백이 넘다니, 난 사실 좀 이해가 안 돼. 저렇게 값비싼 조명이 아니더라도 실속 있으면서 세련된 조명들도 많이 나오잖아." "어머머, 애 좀 봐? 그런 조명들이랑 이 조명이 같니? 너도 참, 실내 디자인 전공했다는 애가 어쩜 그러니? 이런 작은 데커레이션 하나하나도 가진 사람의 교양을 나타내잖아. 왜 사람들이 명품, 명품 하겠어. 돈 들이는 데는 다 그만한 까닭이 있는 거야."

당신의 미간이 살짝 찌푸려진다. 당신의 친구는 당신의 얼굴을 채 살피지 못했다. 쉴 새 없이 나를 예찬하는 당신의 친구와 달리 당신은 뻣뻣한 자세로 서 있다. 당신은 도저히 납득불가다. 왜, 왜, 마땅치 않은 표정을 지어 보이는 걸까? 당신의 손가락이 계단의 난간을 톡톡 두드리고 있다. 당신의 두드림에 나는 다시 예민해진다. "수경아, 그만 가는 게 좋겠어." "벌써? 나 여기 온 지 이십 분도 안 지났어……." "일 끝나고 만나. 웬만큼 둘러볼 만큼 다 둘러봤잖아?" "아직 지하층은 보지도 못했어!" "매니저가 까다로운 분이라 지금 네가 온 것도 사실 좀 눈치 보여. 너도 알잖아, 나 계약직인 거. 이번에 잘 보여야 정규직 된단 말이야.” “아무리 그래도 그렇지, 어쩜 넌 이렇게 후딱 가라고 하니? 서울서 내려온 성의를 봐서라도 그러면 안 되지. 어차피 손님도 없잖아. 매니저가 너 일일이 감시하는 것도 아닐 테고…… 전화로 체크만 하는 것 같던데…….” “내가 한가하게 노는 게 아니야. 계약직이라도 나한텐 직장이고? 괜히 트집 잡는 소리 듣고 싶지 않아.” “나를 손님이라고 생각해. 이번에 나 소개팅 하잖아. 이 집 보니까 꼭 갈아타기 해야 할 것 같아. 갑자기 빌라에 사는 게 궁색하게 여겨지잖아.”

손가락의 두드림을 멈춘 당신은 아무 말도 하지 않고 계단을 내려간다. 평소 당신이 계단을 오르내릴 때의 느끼던 무게와 사뭇 다르다. 당신의 걸음과 당신의 냄새에 짜증났는데 지금 계단을 내려가는 당신의 무게마저 나는 보태고 싶지 않다. 당신의 친구가 돌아간다. 당신의 친구도 역시 다른 손님들과 별반 다르지 않았다. 당신은 또 숨을 크게 들이켰다 내뱉는다.

당신과 나의 교집합을 찾는다면 서울에서 이 도시로 내려왔다는 점이다. 얼마 전까지 나는 한남동에서 엄청난 반응을 불러일으켰다. 지방의 도시 중에서 이곳은 경제수준이 높은 편이었다. 머잖아 이곳 반응을 보고 제주도에도 나의 타운 하우스를 지을 예정이었다. 나는 지경을 넓혀가지만 당신은 원하지 않은 전출로 보였다. 하나, 당신은 당신 상사에게 이곳에 내려온 의미가 크다며 아버지에 대한 기억 때문에 은근히 내려오기를 바랐다는 투로 말했다. 당신 아버지의 고향은 이곳, 그것도 이 하우젠 앞을 흐르는 강이 마주 보이는 부근에 살았다고 말했다. 얼마 전 당신은 찾아온 당신 친구에게 아버지의 어린 시절 얘기를 들려주었다. 나는 굳이 당신 아버지 얘기를 듣고 싶지 않았으나 그 얘기는 나에게도 먼 지중해를 떠올리게 해 그렇게 지겹지만 않았다. 누군가에게 그리움의 기억은 한 자락씩 있기 마련이니까.

이곳, 그러니까 타운 하우스 근방은 몇 십 년 전만 해도 금모래 밭이 펼쳐진 모래사장이 십리대밭을 따라 끝없이 이어졌었다. 당신 아버지가 초등학교를 다닐 때 학교를 마치면 태화나루터에서 친구들과 발가벗고 멱을 감았다고 했다. 그러고 보니 며칠 전 나를 보러 들렀던 백발의 노신사도 그렇게 말했던 것 같다. 그는 나도 마음에 들지만 이곳의 전망이 더 맘에 든다며 시를 읊듯이 말했다. 그러면서 장시간 어린 시절의 추억들을 쏟아놓았다. "깃털 구름을 에두른 선홍빛 노을이 하늘과 강 수면에 퍼져 가면 우리는 강변에서 놀다가 책 보따리를 챙겨 집으로 돌아가곤 했지? 은빛 모치들이 강물을 박차고 튀어 오르면 우리도 덩달아 뛰어올랐어, 강은 우리에게 늘 신나는 놀 거

리를 제공했지. 등짝이 까맣게 타도록 놀았는데도 지겨운 줄
몰랐으니까…… 태어나서 그때만큼 신나게 논적이 없었던 것
같아. 지금 눈앞에 아무리 놀 거리가 많아도 그때만큼은 아냐?
이 앞이 다 논이었거든, 저기는 밭이었고, 밤마다 개구리 소리,
강물 소리, 부엉이 소리, 그 소리에 눈이 스르륵 감기곤 했어."
그는 강이 들여다보이는 테라스에서 팔을 뻗어 이곳저곳을 가
리켰다. 그의 시선 너머에는 내가 알지 못하는 또 다른 현실 세
계가 펼쳐져 있었다. 다른 게 있다면 어린 꼬마가 백발의 노인
이 되었고, 볼품없던 강나루가 추억 속에서 고스란히 살아 그
의 심장을 조금씩 설레게 만들었다는 거였다. 오롯이 자신 속
에 살아있던 기억은 그의 눈빛을 반짝거리게 했다. 나도 마찬
가지였다. 지중해를 바라보며 위용을 과시하던 나날들, 태양
아래에서 나는 화려하게 눈부셨다. 나라도 그랬을 거야, 백발
신사처럼. 그가 바로 계약을 체결하자고 했을 때, 찬란한 순간
을 아는 사람이 할 수 있는 선택이었다.

"참 가관이지 않아?" 당신은 내 몸체를 손바닥으로 탁탁 치
며 누군가에게 화난 투로 말했다. "강남 빌라에 사는 게 궁색
하게 느껴져? 그럼 난 뭐니? 수경은 내가 아직도 오피스텔 사
는 줄 알아. 오피스텔 전세금도 우리 집 대출 빚 갚는데 다 나
갔는데 말이야. 내가 8평도 안 되는 원룸에 사는 걸 쟨 상상도

못 할 거야. 어젯밤에도 잠을 제대로 못 잤어. 옆 룸의 남자가 어찌나 기침을 해대던지, 어떤 사람들은 신축 건물 때문에 조망권 뺏겼다고 시위해 보상금까지 뜯어내는데 우리 엄마, 아빠는 왜 이렇게 일이 풀리지 않는지 모르겠어. 몇 백만 원씩 하는 조명? 그 조명 하나면 여기서 일 년 치 월세야!" 당신은 오른손에 든 휴대폰을 왼손으로 바꿔 들며 언성을 높였다. "202호 남자가 걸핏하면 여자를 데려와 밤새 침대가 들썩거려, 203호 사는 여자가 듣다듣다 못 참겠던지 이 개새끼야, 그만 지랄해! 하고 고래고래 소리 지르니 조용해지더라. 어서 세 채 남은 하우스도 팔렸으면 싶어. 그래야 어디든 홀홀 떠나지."

당신은 한참을 떠들다가 TV 리모컨을 누른다. 아나운서의 목소리가 거실에 퍼진다. "새 정부 출범 이후 규제 완화에 대한 기대감으로 멈추었던 집값 하락세가 다시 시작되고 있습니다. 역대 정부 이후 부동산 경기가 이렇게 침체에 직면한 적은 없었습니다……" 리모컨을 끄는 당신의 표정이 일그러진다. 입술을 깨문 당신의 얼굴은 그늘지다. 깊게 심호흡을 들이킨 당신은 느긋이 흘러가는 강물을 계속 지켜보고 있다. 뉴스를 듣던 당신의 얼굴이 왜 갑자기 시무룩한지 나는 모르겠다. 당신의 휴대폰이 쩌렁쩌렁 울린다. "네, 에코 갤러리입니다. 10분 뒤에 오신다고요? 네, 알겠습니다."

당신이 현관문을 열자 검은 정장의 사내가 쑥 들어온다. 그
의 눈초리가 예사롭지 않다. 기존에 왔던 손님들과는 사뭇 다
른 분위기다. 사내의 눈길은 재빠르게 당신을 위에서 아래로
스캔한다. "2층 먼저 볼 수 있을까요?" "네. 저쪽으로 올라가
실까요?" 검은 정장의 사내는 1층이 아닌 2층부터 보기를 원
했다. 보통은 당신이 안내하는 순서에 따라 구경하는 게 원칙
이라면 원칙이었다. 예외가 있다면 데코 밖에 보이는 정경에
이끌려 걸음을 바꾸었던 게 지금껏 손님들의 동선이었다. 그러
고 보니 매니저가 동행하지 않은 것도 수상하다. 남자 손님인
경우 웬만하면 매니저가 함께했다. 당신이 2층 계단을 향해 올
라가자 사내도 곧 뒤따른다. 사내는 2층을 주의 깊게 살핀다.
복도 맨 끝 침실 방에 이르자 사내가 당신을 향해 획 돌아선다.
사내가 몇 걸음 가까이 다가오자 당신은 당황했는지 주춤거리
다 뒷걸음질 친다. "정지수 씨 맞죠?" 뜬금없이 당신의 이름을
묻자 당신은 애써 당황스러움을 감춘다. "네, 그런데…… 어떻
게 제 이름을 아시는지……." 사내는 슈트 포켓 안에서 명함과
종이를 꺼내 당신에게 건넨다. 종이를 읽은 당신의 손이 파르
르 떨린다. "이달 25일까지 정리 못하면 아가씨 월급 압류 들
어옵니다. 알겠어요?" "이보세요? 여기는 제 직장이에요!" 검
은 정장의 사내가 왼쪽 눈을 찡그리더니 두 눈을 부릅뜬다. 사

내는 엄중한 얼굴로 당신을 복도 쪽으로 서서히 밀어붙인다. 당신은 나에게 붙어 꼼짝을 못한다. 당신이 밀착될수록 당신의 떨림이 나에게 전달된다. 그것은 아주 약한 떨림이었지만 나를 긴장하게 만들었다. "부모가 못 갚으면 자식이라도 갚아야 할 것 아닙니까?" 사내가 낮은 저음으로 힘주어 당신에게 말한다. 그 말은 차갑고 비정하게 들린다. 사내는 반쯤 넋이 나간 당신을 남겨두고 일 층을 향해 성큼성큼 걸어 내려간다. 내 짐작이 틀리지 않았다. 사내는 당신을 위협하러 온 거였다. 사내가 내려가자 당신은 자리에 철퍼덕 주저앉는다. 당신의 탄식이 나에게도 그대로 전해진다. 후다닥 욕실로 뛰어 들어가는 당신의 모습에 내 가슴이 펄떡거린다. 당신은 변기 뚜껑 위에 엉덩이를 걸치고 앉아 어깨를 들썩이며 흐느껴 운다. 당신의 돌연한 행동에 나는 머쓱해진다. 당신이 양손으로 얼굴을 감쌌다가 고개를 든다. 독기를 품은 눈빛은 비장하기까지 하다. 당신은 서둘러 휴대폰을 누른다. 한 손으로 머리를 거머쥔 당신의 얼굴이 일그러진다.

엄마, 나야. 나 엄마 때문에 미칠 것 같아. 방금 내 일하는 곳에 대부업자 다녀갔어. 도대체 여기까지 오게 하면 어떻게 해! 25일까지 정리 못 하면 월급 압류 들어온대…… 어떡할 거야?

당신의 목소리가 점점 커진다. 원망이 잔뜩 담겨 있는 목소리다.

이 회사에 어떻게 들어왔는데……엄마, 제발…… 나 계약직
으로 이곳에 내려왔잖아. 지긋지긋해 미치겠다고! 그러게 왜
무리해서 아파트 대출을 받았어! 난 이제 몰라. 엄마가 알아서
해.

화장실 옆에 쭈그린 당신의 목소리가 점점 날카롭게 올라가
다 어느 정점에서 뚝 떨어진다. 당신은 휴대폰을 쥐고 계속 꺽
꺽 소리를 낸다. 그동안 나는 당신에 대해 많은 것을 알게 되었
다. 당신은 서울서 전출되어 내려왔고, 8평 원룸에 산다. 당신
의 친구는 강남 빌라에 산다. 그리고 당신의 가족은 대출 부채
에 시달리고, 대부업자는 오늘 당신을 협박했다. 당신이 나를
만지고부터 나는 당신 때문에 귀찮을 만큼 신경이 자꾸 쓰인
다. 왜 그런지 나도 모르겠다.

맞은편 전원주택에 아이들이 소꿉놀이한다. 풀잎이랑 모래
는 밥과 반찬이다. 조개껍데기와 작은 돌멩이들이 올망졸망 모
여 있다. 당신의 눈빛이 웃음진다. 유리 너머로 아이들을 바라
보는 당신은 아이처럼 천진하다. '아휴, 귀여워! 쟤네 좀 봐. 나
도 어릴 때 저렇게 소꿉놀이했는데? 애들아, 진짜 내가 좋아하
는 집, 말해줄까? 반지의 제왕에 나오는 호빗들이 사는 앙증맞

은 집이야. 물론 내가 들어가기에 그 집은 아주 작겠지만……
그런 집에는 멀리서부터 달콤한 향내가 나는 것 같아. 솜사탕
처럼 부드러워 금방이라도 지친 나를 잠들게 해줄 것 같아.' 당
신의 눈이 계속 아이들을 따라가다가 혼잣말을 건넨다.

갑자기 먹장구름이 몰려오더니 빗줄기가 세차다. 내 몸은 과
다한 습기에 노출되고 말았다. 당신은 거실 유리문에 바짝 붙
어 빗소리를 듣는다. 바깥 기온과 당신의 입김이 유리창에 뽀
얀 얼룩을 만든다. 소나기가 퍼붓기 시작한다. 조금 전까지 맑
았던 하늘은 시커멓게 변했다. 아이들이 놀던 소꿉들이 빗물에
씻겨 널브러져 있다. 당신이 유리문을 열고 조심스레 데코를
향해 걸어가더니 비를 맞는다. 빗줄기가 제법 센데도 당신은
처량히 비를 맞고 서 있다. 당신의 눈 주위는 빗물 범벅이다.
양어깨를 옹송그린다. 당신은 하늘을 향해 나를 향해 소리를
질러댄다. 유리창에 비를 맞고 있는 당신이 어른거린다. 당신
은 화가 나 있는 것 같기도 하다. 빗물이 섞여 내 몸의 무게는
더욱 무겁고 어두워진다. 흠씬 젖은 당신이 욕실로 들어와 옷
을 하나씩 벗는다. 옷에서 떨어진 물방울들이 욕조 바닥으로
주르륵 흘러간다. 당신의 입술이 시퍼렇다. 아래턱을 덜덜 떨
면서 당신은 속옷까지 벗는다. 욕실 입구에 당신의 옷들이 너
저분하다. 사방이 유리로 된 욕실에 나체가 어른거린다. 월풀

형 욕조에 물이 가득차자 따뜻한 온기가 욕실을 메운다. 당신은 욕조에 오른 발을 들어놓더니 몸 전체를 들여놓는다. 이 모든 것을 지켜보는 나만 당황스럽다. 당신의 검은 머리가 물 위로 솟구친다. 유리에 말간 연기가 피어오르다 자욱하다. 욕실에서 나온 당신은 언제 젖었냐는 듯 아침의 출근복 차림으로 변해 있다. 당신은 참으로 알 수 없는 사람이다.

당신이 처음 온 날 못마땅한 집 구조에 대해 말한 게 떠오른다. "이 집은 침실이 모두 2층에 있잖아. 내가 이 집을 설계한다면, 구조를 거꾸로 하겠어. 침실이 일 층에 다이닝룸과 거실이 이 층에 가도록 말이야. 욕실은 지하로 내려가게 하겠어. 물론 잘못된 발상인지도 몰라." 실내디자인에 만족 못 한 당신은 이 집의 설계구조 변경까지, 나는 당신이 집을 지으면 어떤 집을 지을지 의문이 생긴다. "내가 어릴 때 살던 시골집은 기와집이었어. 처마에서 떨어지는 빗소리가 나를 간지럽게 했지. 빗방울이 떨어진 땅에는 작은 홈이 파이기 시작했어…… 빗방울이 똑똑 떨어지는 소리를 듣고 잠들거나 깰 수 있다는 것 말이야, 넌 빗방울 소리를 결코 듣지 못할 거야. 그걸 넌 가장 안타까워해야 해." 나는 당신의 항변을 듣고 있지만 동의할 수는 없다. 당신과 내가 다른 점은 당신은 기한이 정해져 있고, 나는 여기 머문다는 것이다.

어찌 된 영문일까, 2층 룸 침실에 사람이 잠을 잔다. 내 눈으로 모습을 확인할 수 없었지만 일정한 간격으로 숨소리가 들려왔다. 간혹 몸을 뒤척거리는 소리도 들린다. 사람이 잘 때 들었던 숨소리는 오랜만에 들어본 것 같다. 비밀번호를 모를 텐데, 어떻게 들어왔을까? 아니, 내가 잘못 들은 것일까? 컴컴한 어둠 속에 나만 예민해져 잠들지 못한다. 내 시선은 룸 침실에 오랫동안 머물렀다.

당신은 오늘도 제시간에 출근했다. 여느 때와 다를 바 없는 하루지만 당신의 표정이 조금은 밝아 보인다. 나는 간밤의 일로 신경이 곤두설 대로 곤두섰다. 당신이 나의 이런 상태를 알턱이 없을 것이다. 생글거리는 당신 얼굴을 보자 불현듯 나는 당신이 이 집의 주인이 되어 들락날락하는 것을 그려본다. 내가 아는 당신은 어느 정도 미적 감각이 있는 여자다. 어쩌면 나를 멋지게 꾸며 줄지도 모르겠다. 이건 순전히 내 지나친 공상의 비약이다. 지금껏 당신만 여지없이 나를 까뭉개려 했지 다른 사람들은 안달하며 갖고 싶어 한 나였다. "이 집에는 내밀한 공간이 없어. 모든 것이 오픈된 것 같아. 마치 화려한 조명들과 카메라에 둘러싸인 세트장 같잖아." 나는 당신의 말을 맞받아 내지른다. "나와 어울리지 않는 당신만 떠나면 돼!" 나를 차지한 주인은 끊임없이 나를 찬양하며 나의 가치에 자부심을 느낄 터였다. 그런데 이 착잡한 기분은 어디서 비롯되는 건지 통 모르겠다. 당신이 오고부터 끊임없이 항변해야 하는 이 찝찝하고 개운치 않은 기분 말이야.

또 부스럭대는 소리가 들린다. 검정 모자에 검정 마스크를 쓴 사람이 살며시 들어온다. 남자인지 여자인지 알 수가 없다. 큰 키에 마른 몸매다. 그는 도둑고양이처럼 살금살금 2층을 향해 가더니 침실이 있는 방으로 쏙 들어간다. 반쯤 열려 있는 문틈으로 침대의 불룩한 형체가 보인다. 갑자기 문을 딸깍 닫는 소리가 안에서 들렸다. 곧 숨을 쉬는 소리가 일정하게 들린다. 왠지 몰라도 익숙한 소리 같다. 어디선가 내가 맡아본 냄새도 맡아진다. 흠? 어디서 맡았지? 집중력을 모아 냄새의 가닥을 추적해보지만 자동 환풍기에 실려 달아나버린다. 나는 이 정체 모를 침입자 때문에 밤을 꼬박 새우다 설핏 잠들었다. 새벽에 깨어보니 열린 문 사이로 침대가 가지런하다. 사람의 흔적조차 느껴지지 않는다. 내가 꿈을 꾼 것일까? 때맞추어 당신은 출근 시간에 맞춰 들어온다. 요 며칠째 당신의 얼굴이 생생하게 빛난다.

나는 당신이 한 말, 내밀한 공간과 세트장을 생각하다 나를 만든 주인이 살았던 뉴욕의 브루클린 집이 일순 떠올랐다. 내 주인이 살았던 뉴욕의 집은 평수가 그리 넓지 않은 작은 아파트였다. 주인은 그때만 해도 알려지지 않은 아마추어 건축가였는데 소박한 집에 비해 그는 제법 값나가는 수집품들로 집을 장식했다. 겉보기에 평범한 아파트로 알았다가 들어와서 놀라는 이들이 많았다고 했다. 그는 리폼뿐 아니라 가구를 배치하거나 구성하는 안목이 남달랐기에 작은 아파트에 은밀한 공간들을 만들었다. 주인은 굶는 일이 있어도 수집품을 모으는 일을 멈추지 않았다고 했다. 그 허름한 아파트에서 유일하게 그 집만 가치 있는 물건들이 가장 많았다. 일거리가 없어 헌팅 의자에 앉아 있을 때 창틀 사이를 비집고 넘어오던 햇살이 배고픔을 달래주었다며…… 주인은 결코 잊지 못할 거라고 말했다. 또한 그 집을 채운 소품들에는 저마다의 독특한 사연이 시간을 타고 이야기가 되어 그를 오늘날 유명하게 만들었다고, 주인은 아직 뉴욕의 그 집이 생생하게 기억된다고 나를 설계하면서 말했다.

오늘은 아직 예약 손님이 없네. 너와 헤어질 날도 얼마 남지 않았어. 마지막 한 채만 나가면 너와 굿바이야…… 넌 계속 여기서 살겠지. 너와 똑 닮은 13채의 하우스랑. 나는 아마도 내

평생에 여기 다시 올 일이 없을지도 몰라. 너랑 살 사람은 어떤 사람들일까? 이 집과 잘 어울리는 사람이 들어와 살겠지.

　당신이 언제부터 내 존재를 의식했을까? 당신이 내 공간에서 목욕을 하고부터 당신은 나에게 조금씩 말을 건넸다. 나는 그것이 참으로 얼떨떨했으나 더 이상한 것은 밤마다 나를 찾아와 침대에서 잠든 사람이 어째 당신 같다는 기시감이 느껴지는지, 모를 일이었다.

　당신은 오늘도 길게 누군가와 통화한다. 어쩌면 당신의 애인일지도 모르겠다. "나라고 이런 집에 살지 말라는 법은 없겠지……있잖아, 이런 집에 살면 더 이상 꿈을 꾸지 않을 것 같아. 이루고 싶은 걸 다 이루어 꿈이 떨어질 자리가 없어 보여. 난 우리 가족이 함께 살 수 있는 집이면 어디든 돼. 이제는 그것도 다 날아가 버리겠지만…… 집 장만하려고 부모님이 무척이나 애썼는데…… 우리가 들어갈 곳은 혁신도시의 타이틀을 거머쥔 곳이었으니까, 무리해서 대출을 받아도 부동산 값이 계속 오르고 있으니 문제가 될 건 없었는데? 아니, 그래 보였어. 근데 계속 고공행진을 하던 부동산 경기가 하강행진을 하기 시작할 줄 누가 알았겠어? 집에 들어와 살아도 우리 집이 아닌 것 같았어. 내놓아도 팔리지도 않고, 판다고 해도 대출이자다 뭐 다 제하고 나면 원래 투자한 값도 건지지 못해. 그렇게 갖고 싫었던 집이 점점 옥죄어오는 카크러셔 같다면 넌 알겠니? 언젠가는 숨도 못 쉬고 찌그러질……."

나는 당신이 나에게 불쑥 내뱉는 부정어들이 마음에 들지 않았다. 당신의 기억 속에 나는 단 한 번도 자리 잡지 못하고 있다. 당신의 기억 속에는 어린 시절 살았던 시골집뿐이다. 당신은 거기서 아주 따뜻한 시절을 보냈다고 말했다. 세상에 태어나서 처음 자신의 방을 가지게 된 당신, 거기서 만족했었다면 집을 잃게 되지 않았을지도 모른다고 당신은 말했다. 당신의 아버지가 집을 투자가치로 보게 된 순간부터 마가 끼기 시작했다고, 당신은 친구에게 말했다. 지상에서 방 한 칸 얻기 위해 몸부림치며 살아온 세월이 고스란히 날아갔다고?.

당신은 당신의 눈처럼 깊은 강을 바라보고 있다. 물결의 끝에서 마구 튀어오르려는 물방울들이 햇빛 아래 오련하다. 그렇게, 그렇게, 당신은 강을 하염없이 보고 또 본다. 당신이 나를 바라보던 눈빛의 정체를 이제야 알 것만 같다. 누구처럼 나를 금방이라도 삼키고 싶어 안달 난 눈빛이 아닌, 나를 가지고 수작을 부릴 의뭉한 눈빛도 아닌, 걱정스러운 눈빛이었다. 대게 사람들은 겉으로 나를 추켜세웠지만 정작 속셈들은 따로 있었다. 하지만 당신 눈빛은 너를 어떡하니? 그것은 왜 태어났니?

로 나에게 해석되었다. 어쨌거나 당신과 나는 동거할 운명으로 만났다. 나로서는 대단히 껄끄러운 사실이었으나 당신은 딱히 그렇게만 보이지는 않는다. 몇 달 동안 당신의 모든 소리에 내가 길들어진 것일까? 내가 왜 민감하게 반응하는지 정말 모를 일이다.

네?…… 이 하우스도 팔렸다고요? 네, 알겠습니다.

휴대폰을 종료하는 당신의 손가락이 느리다. 드디어 당신과 내가 헤어져야 할 때가 왔다. 당신의 말대로 이제 진짜 이별이 다가오고 있었다. 당신은 나를 떠나고, 나는 새로운 주인을 맞이한다. 당신과는 달리 그들은 나를 아끼고 사랑할 것이다. 처음부터 무관심한 당신과 달리…….

바람비가 가늘어지다 진눈깨비로 변해 유리창에 닿자마자 녹는다. "어머나, 신기해! 이 도시는 겨울에도 눈이 귀한 곳인데! 얼마 전까지 봄꽃들이 피기 시작했는데…… 눈이 내리다니……."

당신처럼 나도 놀랍기는 마찬가지다. 어느새 진눈깨비는 싸락눈이 되어 하우스를 덮는다. 강 너머 노란 꽃밭을 지나 십리 대숲에도 하얀 눈가루가 내려앉는다. 마치 하얀 꽃잎이 분분히 흩날리는 듯하다. 당신이 현관문을 살며시 닫고 정원을 가로지

르고 있다. 당신의 머리 위로 하얀 눈들이 나풀거린다. 당신은 멈칫 발걸음을 멈추고 나를 지긋이 쳐다본다. 당신이 나를 향해 처음 미소를 짓는다. 별리의 장면처럼 두 팔을 들어 손을 좌우로 흔든다. 나는 당신이 사라지는 걸 끝까지 지켜보았다. 정원에는 당신이 두고 간 발자국이 자국눈 위에 꼭꼭 찍혀 있다. 눈이 내리는 희부연 도로를 따라 당신은 적적히 떠나간다. 당신이 보이지 않자 눈도 뚝 그쳤다. 당신의 발자국만 엷게 남아 있다. 짙은 초록 숲에는 흰 꽃들이 아스라하다. 빈집에 뎅그러니 나만 홀로 남았다. 모를 일이었다. 막연한 기대가 왜 차올랐는지 나도 알 수 없었다. 당신이 떠나는 걸 내 눈으로 분명 봤는데도 나는 당신이 곧 돌아올 것만 같은 기분이 든다. 잠이 오지 않아 눈을 말갛게 뜨고 밤을 새운다. 얼마 전 침입한 사람 때문에 잠들지 못한 이후 나는 또 잠을 이룰 수 없다. 넓고 미려한 집에는 정적만이 밤을 벗 삼아 떠나가지 않는다. 더 이상 어떤 소리도 들을 수 없고, 어떤 냄새도 느껴지지 않는다. 겉잡을 수없이 당신의 역한 냄새가 불현듯 그리워진다.

언젠가 나를 만든 주인이 말했다. "밤하늘에 별들이 하나둘 떨어져 모여 집이 되고 이야기가 시작된 거야. 그래서 지금도 별들이 집을 중심으로 돌고 있단다." 당신은 나의 색다른 첫 기억이며 내 다름의 첫 출발이다. 나는 내 품격에 맞는 주인을

맞이하고 싶었다. 그 주인은 당신과는 전혀 다를 것이다. 나의
진가를 충분히 알아줄 사람임에는 틀림없다. 하지만 당신처럼
나에게 심어주지 못할 게 있을지도 모르겠다.

나는 당신의 눈 속에서 깊은 강을 본다

이서안 작가의 소설은 잔잔하면서 파격적이다. 말하는 하우젠이라니. 이런 소설은 그녀만이 쓸 수 있는 소설이다. 소설을 읽는 내내 그녀의 머릿속으로 들어가 보고 싶을 정도였다. 이런 파격적인 상상력은 어디에서 나온단 말인가. 이 소설의 끝 장면이 궁금해 단숨에 소설을 읽었다.

지금도 태화강변에는 하우젠이 하나 서 있다. 태화강을 바라보며 우뚝 서 있는 하우젠. 그 하우젠은 말을 한다. 하우젠은 독일어로 집을 뜻한다고 한다. 그러니까 쉽게 말하면 집이 말을 하는 소설이다. 말하는 하우젠, 말하는 집.

하우젠은 자신을 손님들에게 안내하는 정지수인 '당신'을 하루 종일 관찰한다. 사실 하우젠은 자신과 격이 다르다는 이유로 당신을 우습게 여기며 좋아하지 않았다. 그래서 늘 당신을 못마땅하게 여기며 주의 깊게 살핀다. 하지만 어느 순간 하우젠은 당신의 부드러운 손길에 바르르 몸을 떤다. 당신의 손길을 기대하게 되면서 하우젠은 당신을 기존과 다르게 인식한다. 조금씩 당신을 이해하려고 노력한다. 그러던 어느 날 느닷없이 찾아온 대부업체 직원에 의해 당신의 삶이 까발려지자 하우젠은 당신을 측은하게 여긴다.

마지막으로 당신이 머물렀던 그 하우젠마저 마침내 팔린다. 그 순간 하우젠은 이제껏 지켜봤던 당신을 그리워한다. 불현듯 당신의 역한 냄새마저 그리워진다. 그러면서 하우젠은 말한다. 당신은 나의 색다른 첫 기억이며 내 다름의 첫 출발이라고. 밤하늘에 별들이 하나둘 떨어져 모여 집이 되고 이야기가 시작되듯이 그래서 지금도 별들이 집을 중심으로 돌고 있듯이 하우젠은 또 다른 미래에 당신을 만나길 기대하고 있다. 그 길 끝에 이서안 작가가 서 있다.

정정화 _ 울산 울주 배냇골에서 태어났다. 2015년 《경남신문》과 《농민신문》 신춘문예에 「고양이가 사는 집」(필명 길성미), 「담장」이 각각 당선되었다. 단편 「쿠마토」가 『2016 신예작가』에 실렸고, 2017년 소설집 『고양이가 사는 집』(연암서가)을 출간했다. e-mail:ksm67613@hanmail.net

스윈의 노래

ㅈㅓㅇㅈㅓㅇㅎㅗ나

작가 노트

지상에서 길이 보이지 않을 때 바다로 간다. 밀려오는 파도 소리, 고기잡이배의 통통거리는 엔진 소리, 먹이를 찾는 갈매기 소리가 들리는 백사장에서 하염없이 바다를 바라보면, 길 없는 바다 위에 희미한 길이 보이기 시작한다. 그날 밤에는 희끄무레한 달이 나를 반겼다. 구름 사이에 반쯤 몸을 숨긴 달을 가늠해 보느라 한참 올려다본 기억이 난다. 둥글게 무지갯빛 모양이 달 주변에 새겨져 있었다. 달무리 속의 달이 가만히 말을 걸어왔다. 해무가 끼고, 미세먼지로 뒤덮이다가도, 때론 햇살과 바람이 말간 얼굴을 내보이는 마법의 장소 그 어디쯤에, 흐렸다가 맑았다가 하면서 글을 짓는 내가 있다. 이 해변은 소설 속 주인공이 누빈 장소라 더 정감이 가는 곳이 됐다.

오늘은 버스커가 된 스윈을 만날 수 있을까? 가슴이 설레는데 마음의 준비를 해야겠다.

스윈의 노래

　연주는, 오늘부터 버스킹을 관람할 수 없다고 문자를 했다. 성한과는 버스킹으로 이어진 관계였기에 이 문자는 이별 선언과 같았다. 왜 문자를 보내야 했는지 뚜렷한 이유를 몰랐지만 다른 선택은 생각할 수 없었다. 남편이 해외지사로 발령 나서 한국을 떠난 지 두 해가 훌쩍 지난 시점에 성한을 만났다. 단조롭게 이어지는 삶, 연주에게 성한이 다가왔을 때 거부하지 못했다. 어쩌면 필연인지도 모른다고 생각했다. 비슷한 일상이 주는 권태감, 남편의 부재로 인한 외로움으로 하루하루를 버텨내고 있다고 할 정도였으니까.

　그날, 작가인 연주는 어린 아들과 동해를 배회했다. 바다에 대한 장면을 묘사하기 위해 영일대해수욕장 주변에서 저녁을 먹고 바닷가를 거닐었다. 길게 펼쳐진 백사장이 곡선으로 휘어져 펼쳐졌다. 부드러운 모래사장을 지나 파도가 치는 곳까지 갔다. 아들의 손을 잡고 파도가 드나드는 물길을 따라 뛰었다. 아들의 웃음소리와 파도 소리에 섞여 연주는 오랜만에 함박웃음을 지었다.

바다 중간에 한옥 형태의 건물 하나가 우뚝 솟아 있다. 연주는 입구에 서 있는 표지석의 문구를 읽어 내려갔다. 전국에서 가장 먼저 해가 뜨는 '영일만'의 상징성을 살리고, 세계적인 해양관광도시로의 디딤돌이 되기 위해 이곳에 대한민국 최초의 해상누각을 지었다고 쓰여 있었다. 해가 가장 먼저 뜨는 곳이라는데, 지금은 달무리가 져서 달의 형체가 희미하게 보였다. 절반쯤 덮여버려 빛을 잃은 달을 보며 연주는 자신의 처지를 떠올렸다. 어쩌면 자신은 달무리에 갇힌 달보다도 더한 어둠 속에서 허우적대는지 모른다고 생각했다. 다리를 건너 영일대에 올라 바다를 바라봤다. 바다 저편 포스코에서 불빛이 비쳐왔다. 건물 형태를 따라 띠를 두른 조명이 공장의 큰 규모를 드러냈고, 하늘을 향해 치솟은 굴뚝이 그 위용을 자랑했다. 어둠속에 다채롭게 펼쳐지는 빛의 향연에 마음을 뺏긴다. 그 속에서 까만 밤을 밝힐 산업 역군의 거친 숨소리가 들릴 듯하다. 밤인데도 굴뚝에서 허연 연기가 피어오른다. 해변을 따라 횟집, 레스토랑, 카페, 노래방이 줄지어 선 상가에선 휘황한 조명과 함께 사람들이 흥겨운 분위기를 연출한다. 연주는 얼마간 떨어진 영일대에서 두 곳의 상반된 분위기를 엿볼 수 있었다. 밤에도 깨어 움직이는 역동적인 공간에서 자신만이 정체되는 기분이었다. 작품 활동은 늘 고만고만했다. 글 쓰느라 밤을 새운 지가 언제던가 떠올려보니, 까마득했다. 연주는 현실을 부정하듯 고개를 좌우로 흔들었다. 남편은 지금쯤 뭘 하고 있을까? 매일같이 오던 남편의 문자가 시간이 지날수록 뜸해졌다. 사람은 환경의 동물이라더니 이제 완전히 적응한 건가. 둘은 물과 기름처럼 섞이기 어려운 성향이었어도, 연주는 처음 그 느낌처럼 남편이 이상향으로 남아 주길 바랐다.

해변 길을 걷다가 등 뒤에서 들려오는 노랫소리에 연주는 발길을 멈췄다. 이내 몸을 돌려 반대 방향으로 나아갔다. 아들이 연주 손을 잡으며 좇아왔다. 무대 앞에는 늠름한 진돗개 한 마리를 끌고 산책 나온 아저씨가 자리를 잡고 있었고, 사람들 여남은 명이 그 주변을 둘러싸고 있었다. 버스킹을 구경하는 사람들이 노래를 들으며 개에게 관심을 보였다. 관람객은 유동적이었다. 스무 명이 되었다가 여남은 명이 되었다가 어떨 땐 대여섯 명으로 줄었다. 사람들은 발길 닿는 대로 머물렀다 떠나곤 했다.

나이 차이가 제법 나 보이는 남녀가 무대 앞을 지나갔다. 남자는 여자의 허리를 감싸 안은 채 걸었다. 복잡한 길거리에서 굳이 저렇게 붙어서 걸어야 하나 싶었다. 피부가 가무잡잡한 여자는 동남아 사람 같았다. 여자는 고개를 돌려 무대를 힐끗

거렸고, 키가 작은 남자는 앞을 보고 걸었다. 주춤거리며 걷던 여자는 버스커 앞에 서자 기어이 걸음을 멈췄다. 그건 아름다운 목소리에 끌리는 자연스러운 몸짓이었다. 정수리에 머리숱이 없는 남자는, 굳은 표정으로 딸 같은 여자의 팔을 잡아당기며 얼른 가자고 목소리를 높였다. 주눅이 든 여자는 끌려가면서도 줄곧 뒤돌아보았다. 남자는 여자의 등을 감싸 겨드랑이에 손을 끼워 넣더니 점점 멀어져갔다. 연주는 남자의 이상한 행동 때문에 그들이 행인들 사이로 사라질 때까지 쳐다보았다.

바닷바람에 휘날리는 애쉬카키색 머리카락, 연청색 바지에 흰 재킷, 적당하게 키가 큰 남자가 기타를 치며 열창을 했다. 조용한 노래였지만 호소력에 끌어당기는 매력이 있었다. 남자 앞에는 작은 돈 통이 놓여 있었는데 노래를 감상할 뿐 돈을 넣는 사람은 보이지 않았다. 자신이 좋아하는 일을 하며 산다는 건 생각보다 쉽지 않아 보였다. 연주는 이끌리듯 다가가 그곳에 만 원짜리 지폐 한 장을 넣었다. 남자가 묵례를 하며 엷은 미소를 띠었다. 쓸쓸해 보이는 미소에 연주는 동질감을 느꼈다. 잠 온다며 칭얼대는 아들을 달래며 연주는 공연이 끝날 때까지 관람했다. 그 자리에 있지 않으면 관중이 줄어 남자가 노래를 그만 부를까 봐 괜히 노심초사했다. 기우에 불과했지만 그날 밤 그런 의무감이 연주의 가슴을 짓눌렀다.

공연이 끝나자 남자는 아들에게 사탕을 건넸다. 칭얼대던 아들은 눈을 반짝이며 사탕을 까서 입에 넣었다. 연주는 그만 가봐야 한다며 서둘러 자리를 뜨려고 했다.

"김성한입니다."

명함을 내미는 그의 손이 달무리를 벗어난 달빛 때문인지, 가로등 불빛 때문인지 유난히 희게 보였다. 성한이 열 발짝 정도 따라오더니 앞을 가로막고는 연주를 그윽이 내려다봤다. 그러곤 정중하게 고개를 숙였다. 연주는 마주 고개를 숙이곤 그곳을 떠났다. 늦은 밤, 연주는 창작 노트에 '달무리 진 바닷가에서 노래하는 남자'라고 쓰고 한참을 앉아 있었다. 밤새 뒤척인 이유를 알지 못했지만 잠이 오지 않았다.

그 뒤 연주는 성한이 버스킹이 있는 날엔 구경을 하러 갔다. 노래는 감미로웠고, 메마른 감성을 충전시켜 주었다. 무미건조한 글쟁이의 일상에서 성한의 노래를 듣고 나면, 장면이 그려지고 문장이 써졌다. 부드러운 목소리에 젖어 눈을 감는 순간 머릿속에 수많은 문장이 스쳐 지나갔다. 자연의 변화에도 민감해졌다. 어제의 나뭇잎과 오늘의 나뭇잎, 어제의 꽃과 오늘의 꽃, 어제의 풍경과 오늘의 풍경이 어떻게 달라지는지 미세한 변화까지 감지되었다. 그건 열정적인 노래의 힘이기도 하고, 성한의 따뜻한 행동 때문이기도 했다. 그즈음 성한은 연주에게 많은 이야기와 노래를 들려주었다.

 만난 지 한 달째 되던 날이었다. 영일대해수욕장 북쪽으로 해안선을 따라 올라가다 보면 자그마한 갯바위가 있다. 거기에서 성한은 '모두'를 위한 노래가 아닌 '연주'를 위한 노래를 들려주었다. 있잖아 널 사랑해, 라는 제목의 노래였다. 파도 소리와 함께 성한의 노래는 환상적인 느낌을 불러일으켰다. 연주는 가슴이 터질 듯했다. 노래가 끝난 뒤, 멍하니 있는 연주에게 성한이 다가왔다. 두 손으로 연주의 얼굴을 감싼 채 입술 사이로 혀를 밀어 넣었다. 부드러운 촉감이 연주의 몸속에 파동을 일으켰다. 철썩, 쏴아아, 흰 파도를 타고 붉은 해무가 발치로 스멀스멀 밀려들었다.

 봄, 여름, 가을, 겨울, 그리고 다시 봄……. 성한과 연주의 거리는 가까워졌지만, 싸우는 일도 잦았다. 성한의 노래가 곳곳에 침투해 연주의 삶을 흔들어 놓기 시작할 때부터 연주는 노래에 집중할 수 없었다. 불안했고, 그래서 짜증을 냈다. 적당한 거리에서 보면 희극이고 가까이서 보면 비극이라는 말처럼, 두 사람이 가까워진 것이 희극만을 의미하지 않았다. 사람 사이엔 적당한 거리가 필요하다는 말을 선배한테서 들었지만, 그 순간은 아무 생각이 떠오르지 않았다. 가까워진 속도만큼 부딪히는 일도 많아졌다.

연주는 지금 병원으로 가는 중이다. 그날 성한을 만나지 말고 바로 아들을 데리러 갔더라면 어땠을까? 이랬더라면, 저랬더라면, 수많은 가정이 머릿속을 스치고 후회를 거듭했지만 현실은 달라지지 않았다. 작은 행동 하나하나가, 순간의 선택이 불행의 씨앗이 될 수도 있음을 깨닫고 망연자실했다. 속수무책으로 다가오는 불행한 사건. 그건 수많은 원인의 결과인가? 불가사의한 것인가? 아파서 밥도 못 삼키는 아들을 보며 연주는 죄책감에 숨이 막혀왔다. 입맛도 떨어지고, 잠도 오지 않았다. 생각의 회로가, 고장 난 시계처럼 민우의 화상에만 머물렀다. 칼에 가슴을 베인 듯한 아픔이 몰려와 연주를 괴롭혔다. 성한의 버스킹을 따라다니면서 남편에 대한 여러 생각도 잊을 수 있었고, 정신적으로 치유를 받았기에 후회는 없었다. 성한은 열성을 다해 노래했고, 관람객은 그런 성한에게 박수를 보냈다. 연주는 성한이 버스킹하는 장소에 따라갈 때마다, 그의 통에 돈을 넣었다. 해외에서 고생하는 남편 생각에 생활비를 아껴 썼지만, 그때만큼은 아무 거리낌 없이 돈을 썼다. 성한과 친해지면서 단둘이 데이트하는 시간이 늘어났다. 연주는 새로운 장소에 가면 혹시나 아는 사람이 보지 않을까 주변을 살폈다. 솔로인 성한과 유부녀인 연주는 애초부터 어울리지 않는 조합이었다. 서로에게는 더 다가설 수 없는 벽이 존재했기에 한계에 부딪히곤 했다. 성한과 더 가까워지면 연주의 삶은 완전히 달라질 수밖에 없었다. 그것이 두려웠다. 불안에 떨면서도 성한과 헤어진다는 생각은 할 수 없었다.

그날도 성한과 시간을 보냈다. 바다가 훤히 내려다보이는 모텔 룸에서 성한은 연주를 위해 노래를 불러주었다. 기타 코드를 잡는 기다란 손가락으로 연주의 얼굴에서 목, 가슴을 부드럽게 쓸어내렸다. 유두가 팽팽해지고 감미로운 선율이 아랫도리를 자극했다. 원시림에서 남자와 여자가 서로를 탐닉하듯 바투 다가갔다. 연주는 악기가 되고 성한은 노래가 됐다. 코드가 바뀔 때마다 연주는 신음을 내뱉었다. 더 가까이, 더, 좀 더 가까이. 그때 불청객처럼 전화벨이 울렸다. 연주는 팔만 뻗어 위에 놓인 휴대폰 화면을 보았다. 어린이집 선생님이라고 떠 있었다. 연주는 휴대폰을 놓고 성한에게 더 밀착했다. 숨이 멎는 듯, 천둥이 치듯 온몸에 전율이 일었다. 다음 순간, 세상이 고요했다.

연주는 어린이집 선생님에게 전화를 걸었다.

"어머니, 큰일 났어요. 민우가 얼굴을 데었어요. 지금 응급차로 병원 가는 중이에요. C 병원 응급실로 오세요."

어린이집 선생님은 자신이 할 말만 하고 뚝 끊어버렸다. 연주는 성한에게 아무 말도 하지 않고 주섬주섬 옷을 입었다. 모든 게 성한 때문에 생긴 일인 것 같았다. 성한이 무슨 일이냐고 물었지만 연주는 다음에, 라는 말을 할 뿐이었다. 연주가 차를 타러 갈 때까지 성한이 따라왔다. 성한은 입을 꼭 다문 연주에게 더는 묻지 않았지만, 이유 없이 뺨 맞은 사람의 얼굴을 하고 연주를 힐끔거렸다.

연주는 정신없이 차를 몰았다. 머리가 복잡할 때는 운전을 하지 않아야 하는데 어쩔 수 없었다. 몇 번의 클랙슨 소리를 듣고서야 C 병원 주차장에 들어설 수 있었다. 응급실에 도착하니 여기저기서 아프다는 비명이 들려왔다. 아들은 우측 눈 밑에부터 시작해 볼에 커다랗고 허연 물집이 여러 군데 잡혔고, 심한 곳은 껍질이 벗겨져 흐늘거렸다. 볼은 홍시처럼 벌겠다. 눈에 튀었으면 실명의 위기에 처했을지도 모를 아슬아슬한 위치부터 상처가 시작되었다. 응급처치를 끝내고 얼굴을 뺑 돌려 붕대를 감았다. 의사 선생님은, 민우가 심한 곳은 3도까지 화상을 입었는데 그 부위가 넓다고 말했다. 연주는 이미 벌어진 일이고 돌이킬 수 없다는 사실에 경악했다. 시간을 거꾸로 돌릴 수 있다면 성한을 만나지 않고 바로 아들을 데리러 갈 것이다.

"민우 어머니, 죄송해요. 찌개를 옮기고 있었는데 민우가 저만 보고 달려오다 이렇게 됐어요. 면목 없습니다."

"아무리 그래도 그렇죠? 애를 이 지경으로 만들어놓으면 어떡해요?"

"죄송해요……."

연주는 잠든 아들을 내려다보며 죄의식을 느꼈다.

그날 밤 연주는 성한에게 이별의 문자를 보냈다. 그동안 얼마간의 다툼이 있었지만 둘은 여전히 사이가 좋았다. 이 선택은 갑자기 다가온 변화를 감당하기 위한 방편이었다. 성한에게서 여러 번 전화가 걸려왔지만 받지 않았다. 성한은 아들을 돌보는데 걸림돌이 될 뿐이었다.

그때부터 연주는 아들에게 모든 정성을 쏟았다. 일상적으로 존재하는 것들의 소중함을 잊고 지내는 게 인간이라 생각했다. 열이 오르거나 구토를 하거나 다급한 상황에서도 병원의 처치는 더뎠다. 의료진과 보호자는 직업인과 가족이라는 이유로 응급의 개념이 달랐다. 이상하게 곁에 없으면 안 될 것 같았던 성한의 부재가 별로 슬프지 않았다. 그토록 간절하던 글도 전혀 써지지 않았다. 오로지 아들만이 연주에게 의미가 됐다. 바닷가에서 병원으로, 공간의 이동이 생각의 틀까지 바꾸었다. 그런데도 아들이 안정된 숨소리를 내며 잠든, 깊은 밤엔 휴대폰에서 성한의 이름을 찾아 통화 버튼을 누르고 싶은 충동에 시달렸다. 성한에게 문자를 작성하다 지우고를 반복하기도 했다. 그러다 아들의 얼굴을 보면 딱딱한 침대에 몸을 뉘고 눈을 감았다.

아들이 치료를 받는 동안 연주는 보호자용 간이침대에서 먹고 자며 아들을 간호했다. 밥은 먹는 둥 마는 둥 인스턴트 음식으로 때웠고, 쪽잠을 잤다. 자신을 학대하면서 죄책감에서 벗어나려 몸부림쳤다. 아들의 상태에 예민하게 촉각을 곤두세웠다. 아들에게 밥을 떠먹이고, 닦이고, 처치실로 데려가는 것이 일과였다. 의료진이 최선을 다하고 연주가 정성을 다했지만, 아들이 입은, 깊은 상처는 쉬이 치료되지 않았다. 1차적인 치료가 되더라도 피부 이식 성형수술이 필요하고, 여러 번 해도 흉터가 남을 거라는 의사의 말에 연주는 죽고 싶은 심정이었다. 머릿속에 자신이 작가라는 의식은 어렴풋이 있었지만 예전처럼 절실하지 않았다. 엄마 역할도 못하는 사람이 글을 쓴다는 게 합당하지 않은 것 같았다.

작은 세계에 갇혀 살면 그 세계가 전부인 줄 안다. 연주는 성한의 노래가 좋았다. 거기에 맞춰 글을 썼다. 버스킹을 관람하고, 밥 먹고, 차 마시는 시간 동안은 지루하지 않았다. 현실의 즐거움이 미래의 행복을 담보하진 못했다. 성한의 노래를 이상으로 좇았다면, 아들이 다친 후엔 지독한 현실주의에 빠졌다. 삶이 척박하면 글이 나오지 않았다. 당장 벌어지는 일을 해결하기도 버거웠다. 삶이 먼저냐, 예술이 먼저냐는 화두를 떠올렸지만, 자책으로 귀결되었다. 글을 쓸 수 없었다.

아들이 입원한 지 한 달이 지나고, 두 달이 지나갔다. 석 달을 넘기면서 상처는 아물기 시작했다. 성형수술을 해야 하는 부분은 시간이 더 필요했다. 그즈음 같은 일을 하는 사람들에게서 출간이나 수상 소식이 연주에게 들려왔다. 명색이 연주도 작간데 글을 쓰지 않은 지가 몇 개월이 지났다. 마음이 조급했다. 글을 쓰기 시작하고 이렇게 긴 시간 동안 글을 손에서 놓은 적이 있었던가, 없었다. 매일 글을 쓸 만큼 페이스를 잃지 않았는데, 성한을 만나고, 아들이 사고를 당하고, 연주는 방향을 잃고 흔들렸다. 한없이 가라앉아 다시는 글을 쓸 수 없을 것 같은 불안에 악몽을 꾸고 일어나곤 했다.

아들이 퇴원을 하고 다시 일상으로 돌아왔다. 한 군데 흉터가 크게 남아 아이를 마주 보면 그곳이 먼저 보였다. 흉터는 일반 피부보다 두껍게 튀어나와 길쭉한 별이 일그러진 모양이었다. 연주는 아들의 얼굴을 볼 때마다 죄책감에 시달렸다. 아들을 어린이집에 보내고 난 연주는, 모든 걸 떠나 몸을 씻고 싶었다. 구석구석 찌든 때를 말끔히 밀어내고 싶었다. 연주는 목욕바구니를 챙겨 목욕탕으로 향했다.

연주가 티켓을 끊고 입구로 들어가려는데 젊은 외국인 여자가 서 있었다. 수줍어하는 모습이 어딘지 낯이 익었다. 쉰 후반쯤 돼 보이는 남자가, 연주에게 다가와 처음 와서 그러니 같이 목욕탕으로 들어가 달라고 부탁했다. 남자는 키가 땅딸막했고 머리 위쪽은 대머리였다. 그제야 해변에서 버스킹을 구경할 때 봤던 남녀임을 알아챘다. 관람하고 싶은 여자와 어서 가자고 채근하던 남자, 젊은 여자와 늙은 남자, 키 큰 여자와 키 작은 남자. 두 사람은 대조되는 면이 많았다. 갑작스러운 상황에 당황했지만 연주는 여자와 안으로 들어갔다. 연주가 탈의실 쪽으로 걸어가자 그녀가 쫄래쫄래 따라왔다. 연주는 사물함을 열어주며 거기에 옷을 벗으라고 하고, 연주는 그 옆자리에 옷을 벗어 넣었다. 쭈뼛거리던 그녀도 옷을 벗기 시작했다. 긴 머리에 약간 납작한 얼굴, 검고 커다란 눈에 낮은 코, 길고 매끈한 다리, 날씬한 몸매, 소녀 같은 젖가슴. 옷을 벗은 그녀는 생각보다 어려 보였다.

 거기까지만 안내하면 알아서 할 줄 알았는데 여자는 여전히 연주를 따라왔다. 낯선 여자와 초면에 알몸으로 오랜 시간 대면하는 게 유쾌하진 않았다. 연주는 앞서 걸었다. 그날따라 2층으로 오르는 계단이 높아 보였다. 연주는 대야를 챙겨서 여자를 옆자리에 앉게 했다. 세수를 하고 몸을 씻었다. 여자가 씻는 속도는 연주보다 느렸다. 연주는, 다 씻고 온탕으로 오라고 하고는 몸을 담그러 갔다. 몸속 구석구석이 냉골처럼 차가워서 얼른 탕에 몸을 담그고 싶었다. 따끈한 물속에 몸을 담그니 그동안의 피로가 녹아내리는 듯했다. 바깥에는 이제 막 봄의 초입에 들어선 이파리들이 바람에 흔들렸다. 창을 투과해 들어오는 햇살에 얇은 비늘 같은 때가 떠다니는 게 보였다. 바닥이 하늘색이라 물이 맑아 보였지만, 자세히 보면 부유물질이 떠 있었다. 자세히 보지 않으면 놓치는 것이 많은 게 눈이 아닐까 싶었다.

여자가 올 시간이 됐는데도 오지 않는다. 연주는 일어서서 여자 쪽을 바라봤다. 온탕에 들어온 지 5분여, 왜 아직도 오지 않는지. 연주는 여자가 있는 곳으로 갔다. 다가오는 연주를 보고 여자가 쑥스러운 미소를 띤다.

"탕에 담그러 안 가요?"

여자는 양손을 가로저으며 완강하게 안 간다고 했다. 목욕탕에선 따뜻한 물에 몸을 푸는 게 중요한 일일 텐데 연주의 거듭된 권유에도 여자는 한사코 거절했다. 연주는 다시 탕으로 가지 않고 목욕 의자에 앉았다. 여자는 손을 바지런히 움직였다. 발목에는 발찌를 끼고 있었는데 피부는 연주보다 거무스레했다. 가벼운 손놀림으로 몸에 비누를 칠하고 헹구곤 했는데 연주처럼 때를 밀진 않았다. 가느다란 손가락으로 터치하듯 씻는 모양새를 보니, 꽃에 앉다가 가녀린 꽃대의 휘청거림에 놀라 다시 날갯짓하는 나비 같았다. 그 모습에 성가신 마음은 사라지고 궁금증이 일었다.

"고향이 어디예요?"

"베트남 사파예요."

"아, 들은 적 있어요. 나이는 몇 살이에요?"

"스무 살요."

"한국 온 지는 얼마나 됐어요?"

"삼 년 됐어요."

연주는 여자의 말에 깜짝 놀랐다. 그럼 열일곱 살에 시집을 왔다는 얘기였다. 우리나라 같으면 이제 막 고등학교 1학년인 시기에 그녀는 먼 타국까지 어떻게 오게 됐을까. 조금 전까지 행복해 보이던 여자가 측은해 보였다. 입구에서 안내를 부탁하던 초로의 남자가 떠올랐다. 수줍은 미소까지 아직 덜 여문 소녀의 마음을 엿보는 것 같아 연주는 시선을 피했다.

때를 민다. 덕지덕지 묻은 때를 민다. 검은 때가 밀려 떨어진다. 몸 안에서 나왔지만 이제 분리된다. 거울 속의 그녀가 연주를 본다. 몸을 씻는 연주를 본다.

"고향에는 가족이 몇 명 있어요?"

"엄마와 동생 셋이 있어요. 아빠는 돌아가셨어요."

"안 됐군요."

"하루하루 사는 게 막막했어요. 엄마는 남의 집에서 품삯을 받고 일했지만, 매일 식구의 끼니를 연명하는 것도 어려웠어요. 우린 주린 배를 채우려고 이웃에 구걸하러 다니기도 했어요. 처음엔 불쌍히 여겨 남은 음식을 나눠주던 이웃도 그 일이 반복되니까 문 앞에서 쫓아내는 일이 많았어요."

여자는 허공을 응시하며 한숨을 쉬었다. 여자의 검은 동공이 이슬처럼 영롱하다. 천장에 맺힌 물방울이 연주의 머리에 똑, 떨어졌다.

"생활비도 부족하고 일거리도 없었어요. 집이 낡아서 비가 새는데도 못 고치고 있었어요. 비 오는 날이면 양동이를 받쳐두고 내다 버리는 게 일이었죠. 그런데 지금의 남편이 생활비도 매달 보내주고 집 수리비도 준다는 말에 이곳으로 오는 걸 동의했어요. 나이 많은 남편이 마음에 들지 않았지만 ……."

여자는 말을 잊지 못하고 눈가가 촉촉이 젖어들었다. 마음에 들지 않았지만, 이라는 말이 마음 한쪽을 훑고 지나갔다. 돈 때문에 어린 나이에 타국까지 와서 외로이 사는 여자가 안쓰러웠다.

"엄마랑 동생들이 많이 보고 싶어요."

"친구 좀 만나고 그러지 왜요?"

"남편이 친구 만나면 나쁜 사람 된다고 못 나가게 해요. 어디든지 데려다주고 데리러 와요. 처음엔 저를 사랑해서 그렇다고 생각했는데 지금은 너무 답답해요."

여자의 젖은 금발찌가 젖어 있었다. 가녀린 발목에서 불안하게 흔들리는 발찌가 그녀를 옭아매는 사슬 같았다. 온실 속의 화초처럼 살다가 어느 날 갑자기 말라버릴 것만 같아 연주는 여자의 몸에다 따뜻한 물을 끼얹어 주었다. 여자는 다시 수줍게 웃었다. 소녀에서 성장을 멈춰버린 것 같은 그 미소였다.

"고마워요."

"고맙긴⋯⋯." 여자를 성가시다고 생각한 게 미안해 말끝을 흐렸다. 얼마나 힘들면 이런 상황에서 속내를 털어놓을까 싶었다. "참, 이름이 뭐예요?"

"스윈이에요. 스윈."

"스윈⋯⋯, 참 예쁜 이름이네요." 스윈이 이름을 말할 때, 연주는 스완이 떠올랐다. 한 마리의 블랙스완. 외롭고 아름다운 스윈의 모습과 잘 어울렸다.

목욕을 마치고 연주는 스윈과 전화번호를 주고받았다. 도움이 필요할 때 연락하라고 했다. 연주는 남자를 따라가는 스윈의 뒷모습을 오랫동안 쳐다보았다. 스윈의 야윈 어깨가 더욱 작아 보였다. 금방이라도 달려가서 남자에게 뭐라고 하고 싶었지만, 그럴 수 없었다.

　스윈에게서 전화가 온 건 일주일이 지나서였다. 남편이 약속
이 있어서 나갔는데 할 말 있으니 잠깐 볼 수 있겠느냐고 했다.
스윈에게 집 주소를 찍어달라고 했다. 연주는 외출복으로 갈아
입고 집을 나섰다. 남편에게 구속당한 채 살아가는 스윈을 생
각하면 마음이 바빠졌다. 우리나라 학생들 같으면 공부도 하
고, 친구들과 어울려 한창 즐거울 나이였다. 스윈의 집은 이 층
주택이었다. 넓은 마당에는 정원수와 튤립 등 여러 종류의 꽃
들이 조화롭게 꾸며져 있었다. 벨을 누르자 스윈이 나왔다. 집
안에 누가 찾아온 걸 보면 남편이 화를 내기에 밖으로 나가자
고 했다. 연주는 말없이 핸들을 잡았다.
　"가고 싶은 데 있어요?"
　"집이 아니면 어디든 좋아요."
　연주는 잠시 고민하다 경북 수목원으로 방향을 잡았다. 답답
한 마음을 힐링할 땐 자연만큼 좋은 게 없을 거라 여겼다. 시골
에서 살다 왔기에 꽃과 나무로 잘 꾸며진 그곳을, 고향을 본 듯
좋아할 것 같았다. 옆에 탄 스윈이 어쩐지 수척해 보였다. 엷은
화장에 반짝이는 입술은 스윈의 젊음을 돋보이게 했다.
　꼬불꼬불한 산길에 접어들었다. 연녹색 이파리가 온 산을 뒤

덮고 있었다. 수목원 입구를 들어서자 며칠간 뿌옇던 미세먼지
도 걷혀서 하늘은 푸른색을 띠었다. 두 사람을 반기는 봄꽃들
이 꽃향기를 퍼트렸다. 진달래꽃, 벚꽃, 복숭아꽃이 저마다의
자태를 뽐냈다. 벚꽃잎이 하나, 둘 떨어질 때 그 꽃잎을 잡으면
소원이 이루어진다고 알려주었다. 스윈은 바람이 불 때마다 꽃
잎을 따라 뛰었다. 꽃잎 가까이 손을 대면 나비처럼 미끄러져
나갔다. 하나도 못 잡았지만 스윈은 웃었다. 스윈의 볼이 발갛
게 상기돼 잘 익은 복숭아를 연상케 했다. 연주는 창포원을 지
나 인공 연못이 있는 곳으로 스윈을 안내했다. 삼미담이라는
이름의 연못에는 독도를 형상화한 조형물이 놓여 있고, 야외무
대 위에는 독도에 대해 자세한 안내가 돼 있다. 역사의 상흔을
간직한 독도는 아직도 일본과의 다툼이 현재진행형이다. 비록
모형이지만 분쟁과 상처로부터 분리되어 온전히 우리의 자유
로운 땅이 되기를 빌었다. 연주는 조형물을 가리키면서 독도에
얽힌 역사와 현재 상황에 대해 스윈에게 말해주었다. 스윈은
맑은 눈으로 독도를 그윽이 쳐다보았다.

　연못가에는 홍공작단풍 한 그루가 서 있었다. 공작의 깃털
같은 이파리가 날개를 편 공작을 떠올리게 했다. 푸른색이나
흰색 깃털을 가진 공작은 본 적 있었지만, 붉은색 깃털의 공작
은 본 적이 없었다. 붉은 깃털의 공작이 날개를 편다면, 아주

매혹적일 듯했다. 두 사람은 앞에 펼쳐진 연못을 바라보며 홍공작단풍 나무 밑 수변 벤치에 앉았다. 연못 가운데에는 연잎이, 연못가에는 노랑꽃창포 잎이 푸르고 말간 얼굴을 내밀었다. 스윈이 입을 열었다. 남편이 자신에게 자유를 주면 좋겠다고 했다. 타국이지만 친구라도 만나면 덜 우울할 것 같다면서 금방이라도 울 것 같은 표정이었다. 가족 행사, 장보기, 미용실 가기, 목욕탕 가기 등 사업차 만남이 아닌 일에는 부부 동반해서 다니기 때문에 시간적인 여유가 없었다. 그나마도 용돈을 따로 주지 않아서 어디로 갈 길이 없다고 했다. 스윈의 옷차림이나 머리 모양이나 신발을 보면 궁색해 보이지는 않았다. 한 가지 부족한 게 있다면 자유로움이었다.

"이런 말씀 드리긴 뭣하지만, 제가 처음 시집왔을 때 너무너무 무서웠어요. 어린 나이에 낯선 곳에 낯선 남자, 그리고 아무런 느낌 없는 사람과 산다는 게요. 무서워하는 제게 남편은 강제로 관계를 했어요. 제 아랫도리의 피가 침대 시트를 벌겋게 적셨어요. 첫날밤의 그 기억 때문에 저는 밤이 두려워요. 오늘도 쓰라리고 아파요."

스윈은 몸서리치며 어깨를 움츠렸다. 목욕탕에서 한사코 온탕에 안 들어가려 하던 스윈의 모습이 떠올랐다. 스윈에게 이런 아픔이 있을 줄은 상상도 못 했다. 스윈이 호수 쪽으로 시선을 돌리자마자 눈물이 주르륵 흘러내렸다.

"왜 남편에게 말하지 않았어요?"

"고향 집에 돈 안 보내줄까 봐 겁이 났어요. 아파도 이를 악물고 참았어요."

연주는 스원의 야윈 손을 잡았다. 가녀린 손이 연주 손에 들어왔다. 어디서 날아왔는지 물오리 두 마리가 호수 위를 헤엄치고 있었다.

스원은 나직한 목소리로 노래를 불렀다.

"가이 뚝 신 당딜 라 가이 뚝 먹 과 로이 너 느버 아어 지 하이 신 당딩 라 지 하이 뜽……"

(아름다운 대나무가 연못가에 자라네. 하이 언니는 아름다워……)

낯선 언어였지만, 애절하고 아름다운 선율이었다. 중간중간에 고음으로 올라갈 때는 연주의 감정도 격앙됐다. '아오자이'를 입고 '논'을 쓴 여인이 언덕에 서 있는 모습이 연상됐다. 노래를 마친 스원은 베트남 북부 바크닌 지방의 민요로 아름다운 아가씨를 대나무에 비유한 사랑 노래라고 했다. 고향에서 자주 불렀는데 언니를 만나니 엄마 생각이 나서 불러주고 싶었다고 했다.

"고마워요, 스원." 연주는 울컥, 슬픔이 몰려왔다.

"저는 가수가 되고 싶었어요. 노래하면 슬픈 일이 사라지고

상쾌한 바람이 부는 것처럼 기분이 좋아져요. 혼자 집에 있을 때 노래를 해요. 그러면 고향의 대지 위로 바람이 불고, 엄마의 웃음소리가 들려요. 영일대해수욕장에서 버스킹을 보고 얼마나 노래를 부르고 싶었는지 몰라요."

"꿈을 잊지 않으면 가능할 거예요."

"제가요?" 스윈은 한숨을 내쉬었다.

"도울 만한 건 제가 도울게요. 그보다 병원에 가보게 얼른 일어나요." 연주는 지금 스윈에게 급한 건 병원에 가는 일이라 여겼다. 스윈이 머뭇거렸지만 손을 잡아끌었다. 둘러보지 못한 곳은 시간 날 때 다시 오자고 했다. 평소에 연주가 다니는 산부인과로 데리고 갔다.

"많이 아프셨을 텐데 어떻게 참았어요. 질염이 심하고, 균도 나와서 치료해야 해요. 좀 더 늦었으면 불임이 될 뻔했어요. 치료제를 넣었으니, 오늘 주사 맞고 약 받아가세요. 이틀 후에 또 봅시다. 치료가 끝날 때까지 조심하셔야 합니다."

연주는 진단서를 끊고 병원비를 계산했다. 스윈은 내밀한 부분을 들킨 것이 쑥스러운지 줄곧 고개를 숙이고 있었다.

"어디 가서 점심 먹을래요?"

"벌써 시간이 그렇게 됐어요? 저 이제 집에 가봐야 해요. 남편이 언제 들어오실지 모르거든요."

　남편에 대한 스윈의 깍듯한 어투가 신경 쓰였다. 반나절 정도 함께했는데 가봐야 한다니 안타까운 마음이 일었다. 스윈을 집 앞에 내려주고 다음에 또 보자며 웃어 보였다. 스윈은 여러 번 고개를 숙여 인사했다. 스윈과 많이 가까워진 느낌이었다.

　스윈에게 도움이 될지, 독이 될지 모르는 일을 한 것 같아 연주는 마음이 무거웠다. 한편으론, 바깥세상을 모르고, 밤이면 두려움에 떠는, 병든 스윈을 생각하면 잘한 일이라고 자위했다. 숨구멍이라도 있어야 스윈이 버틸 것 같았기 때문이다. 집으로 돌아오는 길에 전화벨이 울렸다.

　"누나, 우리 만나서 얘기 좀 해요."

　"난 더 할 말 없어."

　연주는 전화를 끊어버렸다. 성한의 안부가 궁금하지 않은 건 아니었다. 이별 뒤에 그리움이 남는다는 건 슬프다. 함께 간 카페나 나무 그늘 밑에 설 때면 성한의 카톡 프로필 사진을 들여다봤다. 연락하고 싶은 충동이 사무쳐왔다. 그렇다고 다시 만남을 이어갈 수도 없었다. 연주는 여러 달 동안 아들을 간호하면서 아무리 간절해도 하지 않아야 할 일이 있음을 알게 됐다. 성한을 떠나면서 글을 한 줄도 못 썼다. 그만큼 성한이 중요한 존재라는 의미였다. 노래도, 감성도, 설렘도, 기다림도 없는 생활. 가시밭길처럼 척박한 길이라도 연주는 자신이 가야 할 길이 있음을 인지했고, 이제 그 길을 따라가야 한다고 생각했다.

연주는 집에 도착하자마자 컴퓨터를 켰다. 어린 나이에 스윈이 우리나라로 시집온 경로가 궁금했다. 국제결혼, 어린 신부로 검색하다가 눈길을 끄는 기사를 클릭했다.

"구타, 성폭행, 명예살인…… 어린 신부 잔혹사"라는 제목의 기사를 훑어보았다. 이슬람계 나라와 세계 여러 나라의 조혼 풍습이 어린 여아에게 가해지는 폭행에 관한 내용이었다. 네 살짜리가 70세 노인에게 팔려간 사건, 8세 소녀가 첫날밤을 치른 뒤 장기가 손상되어 내출혈로 사망한 사건, 12세 소녀가 출산 도중 사망한 사건, 17세 소녀가 명예살인 당한 사건이 상세하게 소개돼 있었다. 돈 때문에 팔려 가는 어린 신부들이 생각보다 많았고, 나이가 상상 밖으로 어렸다. 연주는 밤이 무섭다고 말하던 스윈을 떠올렸다. 꿈도 없이 시들어가는 소녀, 소녀들. 가슴 한쪽이 찌르듯 아파왔다.

착잡한 기분에 커피를 진하게 타서 탁자에 앉았다. 빈속이라 목구멍을 타고 넘어가는 커피 향이 강했다. 첫 문장이 떠오를 듯 말 듯했다. 연주는 커피를 다시 한 모금 넘겼다. 수많은 스윈이 머릿속을 스쳤고, 그들은 울거나 피를 흘리고 있었다.

정적을 깨듯 휴대폰 알림음이 울렸다. '누나, 제 노래에 날개

를 달아주세요. 그때처럼……' 성한의 문자는 연주를 설레게
하던 그 어투로 심장에 와 박혔다. 연주는 예전처럼 답장을 할
뻔했다. 자판을 치려던 손을 멈추었다. 성한을 생각하니 가슴
이 답답해져 왔다. 영일대해수욕장으로 길을 잡고 차를 달리기
시작했다. 그렇게 살아야 한다와 그렇게 살고 싶다는 다른 거
였다. 길게 펼쳐진 백사장을 맨발로 걷고 싶은 충동이 일었다.
옆에는 길 잃은 갈매기가 같이 걸어도 좋으리라.

　가변 주차장에 차를 댄 연주는 해변 길을 걸어 내려갔다. 역
사책과 붓을 쥐고 있는 이순신 장군 동상을 지나고, 닻 조형물
을 지났다. 계단을 내려가 해수욕장 초입에서 신발을 벗어들었
다. 보드라운 모래의 촉감이 발바닥을 간질였다. 잊고 있던 감
각이 되살아나는 듯했다. 한 걸음씩 내디딜 때마다 모래의 기
운이 몸으로 스며들었다. 파도가 다가오는 쪽으로 방향을 돌렸
다. 파도가 달려와 발등을 훑고 지나갔다. 파도가 밀려나갈 때
무심코 따라 뛰다 보면 파도는 어느새 다시 돌아와 발목을 적
시고 달아났다. 점심을 걸렀지만 배가 고프지 않았다. 오후의
태양이 은빛 백사장을 부드럽게 감싸 안았다. 멀리 포스코에는
성한을 만난 그날처럼 흰 연기가 뭉실뭉실 피어오르고 있었다.
해변에는 연인으로 보이는 사람들이 손을 잡고 산책을 했다.
성한이 생각나서 바닷가로 왔는데 아들과 함께 해변을 거닐었

던 기억이 났다. 인간의 감정이란 복잡하고도 미묘하여 믿을 수 없다고 맘껏 조롱하고 싶었다. 연주는 백사장이 끝나는 지점까지 걷다 뛰기를 반복했다. 그러다가 하염없이 바다를 바라봤다. 정면으로 바라본 바다 끝은 산으로 가로막혀 있었다. 연주는 산이 끝나는 왼쪽에 먼바다로 이어진, 트인 공간을 발견했다. 수평선 저 멀리 미지의 세계로 떠나고 싶었다.

혼자서 미친 듯이 놀다 보니 어느새 저물녘이 되어 있었다. 어둠이 내리면 성한이 노래를 하러 나오는 곳. 연주는 자신이 왜 그곳에 머물고 있는지 이해되지 않았다. 정신을 차리고 발에 묻은 모래를 털어냈다. 사위는 어둑해지고 포스코의 불빛이 켜졌다. 화려한 조명이 춤추기 시작했다. 검은 밤바다에 파도가 밀려왔다 밀려가기를 여러 번, 연주는 신발을 신었다. 아들이 기다리고 있을 것이다. 마음이 바빠졌다. 차를 주차해둔 곳으로 걷기 시작했다. 도로에는 차들이 붐볐고, 잘 조성된 인도에는 사람들로 웅성거렸다. 조개 굽는 냄새가 콧속을 파고들었다. 상호를 보니 언젠가 성한과 술을 마신 횟집이었다. 가로등 불빛과 현란한 상가 간판이 내뿜는 조명 속을 걸었다. 여기는 밤인데도 빛이 점령하고 있다. 어둠을 감추기 위해 등불이 켜지고 어둠은 본래의 모습을 잃어갔다. 빛 속에서 어둠은 상처로 얼룩졌다.

도로변을 걸어가다 사람들이 모여 있는 곳을 발견했다. 처음 성한이 노래를 부르던 그 장소였다. 오늘도 성한이 노래를 부르고 있을까? 연주는 새삼 성한이 궁금해졌다. 떠나면서도 성한의 심리가 궁금한 이유를 알 수 없었다. 멀리 희미하게 성한의 실루엣이 보였다. 그대로 쭉 따라 올라가면 성한이 자신을 발견할 것 같았다. 연주는 다시 무대 뒤편 모래사장 쪽으로 발걸음을 옮겼다. 그동안 안 보고 살아왔는데 변수를 만들고 싶지 않았다.

성한의 노랫소리가 해변으로 울려 퍼졌다. 주변에는 예전처럼 사람들이 노래를 듣고 있었다. 연주가 없어도 성한은 노래를 불렀다. 성한의 노래가 절정을 치달았을 때 연주의 볼에는 눈물이 흘러내렸다. 노래가 듣고 싶어도 듣지 못하고 지나가야 했던 스윈의 모습이 떠올랐다. 듣고 싶어도 들을 수 없고, 하고 싶어도 할 수 없고, 하기 싫어도 해야 하는 그녀의 삶에는 중요한 것 하나가 빠져 있는 것 같았다. 성한의 노랫소리에 스윈의 노래가 겹쳐 들렸다.

"가이 뚝 신, 당딩 라 가이 뚝 먹 과 로이 너 건 므아 라 이……"

(아름다운 대나무가 소나기 속에 자라네……)

연주는 자신이 무엇을 해야 하는지, 무엇을 말해야 하는지를 알 것 같았다. 모래사장을 빙 돌아서 길 위로 올라갔다. 이제 성한의 무대는 등 뒤쪽에 있었다. 성한은 여전히 그 자리를 지키고 자신의 노래를 부르며 잘 살고 있다. 어쩐지 그게 다행스러우면서도 서운했다. 연주는 조금 더 키가 자란 나무처럼 성큼성큼 걸었다.

연주는 집에 돌아오자마자 컴퓨터를 켰다. 성한의 버스킹 현장이 떠올랐고, 이어 스윈이 부르던 노래가 귓가를 맴돌았다. 몇 달 동안 열지 않은 백지에 첫 문장이 새겨졌다.

"스윈은 베트남에서 시집온 소녀다."

사파에서 온 소녀

해변의 스윈을 본다. 그녀는 멀고 깊은, 사파에서 왔다.

사파는 베트남의 수도 하노이에서 차로 밤새 달려야 다다르는 외지고 가난한 마을이다. 작고 갸름한 얼굴 위로 검은 생머리가 날린다. 늙은 남자와 사랑 없는 결혼을 하며 어떤 꿈도 꿀 수 없는 타국으로 떠나온 스윈은 피기도 전에 시들어 버렸다. 남편의 폭력과 구속은 그녀를 더욱 두렵게 하고 그만큼 고독과 향수는 깊어진다.

스윈이 나직한 목소리로 노래를 부른다. 가이 뚝 신 당딜 라 가이……. 뜻 모를 이국의 노래가 바람에 실려 그녀의 멀고 가난한 고향을 향한다.

나는 노래를 가만히 듣고만 있는데 마음 한쪽이 시리다. 그녀의 노래가 사무치게 그리운 이들이 있는 고향에 가 닿기를. 스윈의 삶이 부디 평온해지기를.

정정화 작가의 소설은 담백하고 소박하다. 지나치지도 않고 과장하지도 않는다. 그래서인지 소설을 읽으면 때때로 듣는 듯한 느낌이다. 이런 사람이 있어요, 이런 이야기도 있어요, 들어볼래요? 나는 듣고만 있는데 느릿하고 잔잔한 그 목소리가 듣기 좋다. 그의 소설에는 큰 사건이나 반전 대신 보통 사람과 보통의 삶이 진하게 녹아 있다. 위로와 진정의 힘이 있다. 나는 담담한 그의 소설이 퍽 좋다. 오래 두고 읽고 싶다.

소설을 쓰며 한 가수의 음악만 들었다.
애드 시런의 음악을 함께 듣기를 권한다.
첫 곡으로는 Photograph가 좋겠다. — 강이라

이 소설은 내가 태어난 곳인 진안을 배경으로 썼다. 실
제 소설 속의 배경이 아직도 그곳에 있다. — 고요한

경주에서 사랑을 했고, 아이들을 얻었고, 아버지와 영
영 이별을 했다. 누군가를 증오하고, 누군가를 용서하
고, 무엇을 꿈꾸었던 것도 다 경주에서였다. — 문서정

진도는 딛는 자리마다 전설과 이야기가 있는 섬이다.
내가 소설가가 된 바탕이다. — 박지음

지금의 태화강은 옛날 사람들의 기억 속에 살아 숨 쉬
던 그 강으로 다시 태어나 철새들과 연어가 해마다 돌
아오고, 숭어 떼가 뛰노는 푸르른 강으로 시민들에게
내일의 삶을 지탱할 힘이 되고 있다. — 이서안

달무리 속의 달이 가만히 말을 걸어왔다. 해무가 끼고,
미세먼지로 뒤덮이다가도, 때론 햇살과 바람이 말간
얼굴을 내보이는 마법의 장소 그 어디쯤에, 흐렸다가
맑았다가 하면서 글을 짓는 내가 있다. — 정정화

— 6인 「작가 노트」에서